朱晓翔 著

古玩暗战

❸

中国工人出版社

图书在版编目（CIP）数据

古玩暗战. 3 / 朱晓翔著. -- 北京：中国工人出版社，2021.3
ISBN 978-7-5008-7155-2

Ⅰ. ①古… Ⅱ. ①朱… Ⅲ. ①推理小说—中国—当代 Ⅳ. ①I247.5

中国版本图书馆CIP数据核字（2021）第038447号

古玩暗战. 3

出 版 人	王娇萍
责任编辑	姚　宁
责任印制	黄　丽
出版发行	中国工人出版社
地　　址	北京市东城区鼓楼外大街45号 邮编：100120
网　　址	http://www.wp-china.com
电　　话	（010）62005043（总编室） （010）62005039（印制管理中心） （010）62379038（社科文艺分社）
发行热线	（010）62005996　82029051
经　　销	各地书店
印　　刷	天津中印联印务有限公司
开　　本	880毫米×1230毫米　1/32
印　　张	9.25
字　　数	231千字
版　　次	2021年4月第1版　2021年4月第1次印刷
定　　价	42.00元

即由慕容昙执掌世家，却遭到慕容达等世家长辈们的反对，最终决定以“竹筹盲鉴”决出高低。

慕容重老谋深算，自然看出慕容达等人更深的阴谋！

“竹筹盲鉴”并非直接产生胜者，而是掌柜人选必须通过它的测试，倘若题目极其刁钻怪异，赵砚和慕容昙很可能双双落马，且五年内不得重新提名。

那样的话，慕容东就成为毫无争议的大掌柜人选。对于慕容达等旁系家老来说，控制慕容东只是第一步，日后他们将逐步掌控华光堂，成为世家真正的主人！

慕容沙也看出慕容达的阴谋，但作为慕容东的亲生父亲，他非常乐见这个结局，并且相信揭开真相后，慕容昙会全力辅佐自己的哥哥，从而牢牢控制慕容世家！

为了破局，慕容重指使张皋夜潜华光堂——慕容重有前后门钥匙——在慕容沙的茶壶内壁涂了层毒药。原本毒下得很重，足以当场丧命，事有凑巧，第二天上午华光堂业务繁忙，慕容沙几乎没工夫喝茶，临近中午才浅浅喝了一口，下午便感觉不舒服，回去后就卧床不起。

慕容重下了决心要杀慕容沙，一是报多年前被戴绿帽子之仇，二是为赵砚上位扫除障碍。

他让张皋先绑架了赵砚，关押在多年前私底下购置的居宅里，然后透过中间人找左侯做了个赝品马踏飞燕夜光杯。

这是一箭双雕的好棋。

一方面慕容重知悉左侯的双重身份，故意在此过程中露出破绽，引起左侯乃至于侦缉队关注，把怀疑目光引向黑潭山。

另一方面慕容重也知道慕容昙与邱胡子有私情，甚至掌握了两人凭借马踏飞燕夜光杯传递信息的细节，利用此细节诱骗慕容昙偷偷打开西侧小门，让张皋能够顺利进入后杀掉慕容沙。

张皋逃离时在慕容东面前露出真面目，使得侦缉队怀疑慕容昙与邱胡子勾结作案，这便能铲除赵砚最大的对手。

但侦缉队没有与黑潭山死拼，反而了解到邱胡子并未参与此案，让左侯证实了先前的猜想。

之后慕容重终于现身。接下来他还有两件未了之事：一是杀掉慕容东，那是自己耻辱的标志；二是让赵砚以稳妥的方式“被”救出来，继而成为二掌柜。

为此慕容重只做了一件事，要求张皋暗杀慕容东！

此时他揣测侦缉队已怀疑慕容东将是下一个目标，必定有暗探跟踪保护。张皋若能得手最好，即使不能至少也能让侦缉队凭钥匙查到关押赵砚的地点。

果然侦缉队顺利解救出赵砚，慕容世家重新面对继承人选问题。慕容重这次同意继续进行“竹筹盲鉴”，原因是他已想出对策。

赵砚盲鉴时偷藏一颗假砗磲，这个法子就是慕容重暗中授意的——赵砚沉迷于鉴定，不通世故，哪想得到这等促狭的计策？

听到这里慕容昙终于按捺不住，指着慕容重叱道：“亏你入殡那天哭得那么伤心，原来……骨肉兄弟，你、你、你怎么下得了手？！”

慕容重表情恢复到原有的威严和镇定，他环视众人，最终将目光停留在赵砚脸上，点点头道：“冤有头，债有主，谋划这些事时我已预计到所有可能，从未奢望过奇迹……若是勉强辩解一句，那就是我的所作所为并非谋私，而是为了维护慕容世家的利益……”

“那也不能胡作非为！”慕容昙大喊道。

“所以我也并不指望获得谅解，实际上我早有应对之策……”说到这里慕容重始终笼在袖里的手猛地抽出一把匕首狠狠扎在心口！

“啊！”

慕容昙尖叫一声，下意识要上前搀扶却又刹住。赵砚一个箭步托住他，慢慢坐到石壁边。

慕容重奄奄一息，吃力地看着赵砚气息微弱地说：“要说……成功，就、就是把你……弄上继承人……位置，这是……我引以为……为豪的……”

“多谢……大掌柜……”赵砚垂泪道，他终究没叫出“父亲”二字。

慕容重眼中闪过一丝遗憾，两眼缓缓合上，气绝身亡。

尾声

几个月后，赵砚荣登华光堂大掌柜之位，慕容昙则接任二掌柜，负责财务和古玩鉴定把关。世上没有不透风的墙，她与邱胡子的私情还是传得沸沸扬扬。不过无所谓，“曾经沧海难为水，除却巫山不是云”，她经历过大喜大悲后已激情不再。她立誓终身不嫁，把全身心都放在古玩鉴定研究上，坚信有朝一日能胜过赵砚。

浪子回头金不换，慕容东主动请缨到郑州分店负责，边琢磨边干，立志将分店经营成为郑州金牌当铺。

“一个圆满而励志的结局，”左侯边品尝着午后红茶边说，“接下来还有个我们看来无关紧要，慕容世家却视为生死存亡的细节——赵砚肯不肯改姓，局座……局座！”

伊宫承盯着手里的电报，思绪似飞到千里之外，良久才反应过来，叹道：“又一处要塞溃败，日军大举调兵遣将打算进犯中原，狼来了狼来了，狼真的要来了……”

“戴老板有什么新部署？”

伊宫承恍若未闻地瞅着左侯，两眼深处跳动着幽幽暗火，蓦地问：“你准备好了吗？”

“准备什么？”左侯心里直发毛，勉强笑道。

“大军压境，寸草不生，该带的都得带，不该带的不准带！”

“局座的话高深莫测。”

伊宫承冷冷道：“我的意思很简单，时间紧迫，时不我待，真的。”

看着他手里的电报，左侯感觉到了前所未有的寒意。

曜变天目

楔子

正月，日军利用河面结冰强渡黄河突破中牟阵地，以闪电战术占领菏泽，并迅速攻陷尉氏、新郑。数日后，北翼日军撕开河谷防线，攻陷邯郸等地。汤恩伯令主力进驻瓦子窑，负责阻止日军向新乡方向进攻。战斗打得非常残酷，国军方面接到的命令是不惜代价死守，而日军则关系到两翼部队能否如期会师郑州，双方均杀红了眼，阵地呈拉锯式几进几出，近十万大军在这块弹丸之地陷入胶着的苦斗。

郑州、开封两地达官权贵纷纷携带金银细软仓皇南下，去往重庆的船票炒至五十大洋仍一票难求，往江浙、两湖乃至西北省份的车队也人满为患。囊中羞涩或仍对国军抱有幻想的普通百姓则暂时避居洛阳、许昌等地，期待有朝一日重归故土。

逃难百姓加上前线源源不断运抵后方的伤病员，洛阳城异乎寻常地嘈杂和喧闹，这种状况让警察局副局长兼侦缉队长伊宫承非常不安。

“每天城门一开就涌入上千人，来不及甄别身份又来一批；前线下来的伤病员没番号，没证件，躺在医院尽发脾气，都是安全隐患！万一日军打到洛阳城外，混入城里组建两个突击排绰绰有余。”

左侯半倚在沙发上，懒洋洋道：“日本人真要是打过来，起码半城人吓得溜之大吉，不用内应也能赢。”

“话虽如此，身为警察局……”

伊宫承刚说了半句，赵局长推门而入，身后跟着个趾高气扬的副官，匆匆道：“出大事了，立即到青罡台去一趟！”

青罡台位于洛阳郊区白云山麓，奇峰俊秀，林深谷幽，是避暑纳凉的好去处，当年国民政府定洛阳为行都时，曾在山里修建了十多幢别墅供领导们怡情养神。此时日军大举进攻，郑州、开封两地县政府整体撤退到洛阳，将青罡台辟为临时办公场所。

警备师三团负责白云山安全保卫，该团有半数是美式装备，兵力强悍，且有与日军正面交锋的历史，堪当重任。

“发生命案了吗？”伊宫承问道。

“失窃，还有命案。”听赵局长的口气，失窃比命案更重要，“盗贼居然搞到了徐司令头上，真是目无王法、猖獗透顶！”

盗贼作案又不管你什么身份，伊宫承暗自好笑，又问：“丢失了哪些重要物品？”

旁边副官口气很冲地说：“别说那么多，快去现场！”

见他是中校军衔，伊宫承强忍住没发火，拿起手枪、证件等物，道：“左侯，走！”

下了楼，伊宫承回头没看到左侯的身影，想等会儿。副官却一迭声催促，他只得和吴探员等人上车，跟随军用吉普出了大门。

第一章

徐绍峰是第五绥靖区副司令官兼河南省保安副司令，之前率部驻守开封，十天前根据汤恩伯要求撤到洛阳，协助后勤保障和救援工作。

保安司令部设在青罡台九号别墅，前楼办公，后楼住着徐绍峰的家眷，两楼之间的院子戒备森严，流动哨 24 小时不间断巡视，后楼入口还拴着条半米多高的大狼狗。

徐绍峰爱好收藏——其实是句废话，官做到他这样的级别，就算不喜欢，一年到头也能收到不少古玩精品。据说从开封搬过来时，单是藏品就足足装了六卡车，为此徐绍峰特意在某个公开场合辟谣，说所有家具一共装了三卡车，其中一车是多年珍藏的书籍。

怀璧其罪，徐绍峰知道黑道白道都有人盯着自己，便特别注意青罡台的防卫措施。调来汤恩伯的精锐部队警备师三团在山脚设下两道防线，自己的心腹部队——保安大队特务连布防在青罡台周围。

九号别墅背后是千仞绝壁，两侧则是高墙电网，进前楼就得接受三次盘查，而后楼包括院子都是禁区，即便司令部里的人都不准擅自踏入半步，否则格杀勿论！

后楼是座三层小楼，一楼住勤务兵、保姆和卫兵；二楼是徐绍峰夫妇和儿子、儿媳、孙子；三楼四个大房间存放着所有藏品，钥匙则藏在前楼地下室保险柜里，中间通阳台的小房间有个哨位，八小时换一次班。

今早值上午班的卫兵来到三楼，发现值夜班的卫兵岳庭死在楼梯边，致命伤在颈部，只有一刀，刺得又深又准，手法非常娴熟老练。四个房间被撬了三个，抽屉、柜子、木箱都被打开，有非常明显的翻找痕迹。

“他妈的，凶手摆明了冲着老子最值钱的东西来的！”徐绍峰有着军人典型的大嗓门和火暴脾气，扯起嗓子骂道，“那么多宝贝都没动，就拿那一件，要不是这幢楼都是跟了老子十几年的人，真他妈的怀疑有内奸！”

伊宫承小心翼翼地问：“请问徐司令丢了什么？”

徐绍峰喘了两口粗气，重重坐到沙发上，拧着眉毛道：“一只茶碗，曜变天目盏！”

在场之人都不懂古玩，伊宫承也觉得区区茶碗丢就丢了，又不是成化斗彩，能值几个小钱？

“请问徐司令，岳庭也是您从开封带过来的亲兵？”伊宫承询问道。

徐绍峰似对他没认识到曜变天目茶碗的价值感到不满，哼了一声，便“咚咚咚”大步离开客厅往前楼方向去了。

最先在警察局露面的陈副官怒道：“以后别拿这种无关紧要的小问题打扰司令！”

“不把情况问清楚怎么查案？”伊宫承也火了，暗想老子在军统时还真没把这些丘八放在眼里。

“……警卫班都是跟了司令五六年以上的老兵，包括岳庭在内。”陈副官没料到伊宫承态度如此强硬，语气顿时收敛不少。

“岳庭的老家在哪儿？”

“呃，洛阳。”陈副官耸耸肩，“就在白云山脚下的阮植村，刚到青罡台后他还请假回了趟家……”

“其他警卫呢？”

“有开封的，有郑州的，有许昌的，老家都不在洛阳。”

“除了枪法，他们的身手如何？”

陈副官道：“还可以，寻常三四个汉子近不了身，但也没经过特殊训练，担任警卫工作忠诚护主是最重要的。”

说话间两人来到三楼，吴探员等人已做完初步尸检和现场勘查。从尸体倒地的方向、姿势和支撑点分析，岳庭应该是在屋里听到动静，拿了枪推门出去，然而致命一击却来自身后，一柄匕首从右后侧斜刺入颈部，岳庭没来得及做出任何动作便倒地身亡。死亡时间在凌晨两三点钟，正是人们睡得最香的时间段。

“从背后偷袭……”伊宫承皱眉穿过屋子来到阳台，四处鸟瞰后道，“凶手能沿着下水管道爬上来的话，证明楼下哨兵以及夜间巡逻有问题！”

吴探员与他并排而立，指着院子道：“院里原先长了三棵树，徐司令搬进来后为安全需要把树都砍掉了，视野开阔，一览无余，到了夜里三盏探照灯交互照射，很难混进来。”

伊宫承还坚持刚才的想法：“倘若凶手算准夜间巡逻的盲点，成功从前楼潜入，再买通楼下哨兵，顺着下水管道爬到三楼……”

“岳庭分明是听到楼梯间有动静，他是老兵，不会判断失误。”

“说明有两名凶手协同作案，”伊宫承道，“一个从楼梯上去吸引岳庭的注意力，一个从阳台上去偷袭。”

“不可能的，”陈副官踱到两人身后道，“按警卫值守规定，一旦发觉异常不管是否证实，岳庭必须先按墙上红色按钮，通知楼下哨兵和前楼值守警卫；发觉确有人潜入图谋不轨，要按黑色按钮通知徐司令全家。你说岳庭去查看动静却不按红色按钮，这严重违反了值守规定！”

“深更半夜突然听到异响，难免有些紧张，也许忘了按……”

陈副官冷冷道：“别说在环境复杂的山区，就是驻守开封城时夜里也经常有种种情况，包括日本间谍暗杀，平均下来每两三天哨兵就会按一次红色警报。这不但是职责所在，更有利于他们自身安全，所以无论如何不会忘。”

推开二楼到三楼的楼梯间窗户，冰冷坚硬的山崖触手可及，凶手绝不可能从千仞绝壁上飞下来。

三间被撬的房间仍保持被盗时的状况，从杂乱不堪的现场看，凶手应该事先不知曜变天目盏藏在哪儿，不过翻了会儿后很快便掌握了徐绍峰的收藏规律，即最珍贵的古玩都锁在英国集宝保险柜里。

集宝保险柜有数百年历史，其独特的机械技术难倒了世界上最优秀的间谍和大盗，几乎所有国家保密局都用它存放密码本。

保险柜内部有自动报警装置，一旦遭到撬、凿等外力破坏会立即警铃大作。然而凶手不知用了什么手法，居然顺利打开柜门，取走了里面的曜变天目盏。

伊宫承等人刚准备进一步仔细勘查，前楼却传来命令：国军高级将领的车队马上上山，出于安全考虑必须提前清场，要求无关人等全部离开白云山。

侦缉队也属于“无关人等”，同样在被清理范围内。

临行前陈副官无意间透露了一个信息，即徐绍峰不但心疼宝贝被盗，更担心人身安全。试想，凶手能入无人之境盗走曜变天目盏，若想要他全家的命便可从三楼直奔没有哨兵的二楼，想想便感到毛骨悚然！

因此徐绍峰决意弄清楚凶手怎么混进后楼，以便加强后楼警戒值守。

下山时虽然才傍晚时分，太阳还未落山，但山路上积雪已开始冻结，车轮频频打滑，饶是老司机也开得心惊肉跳。

“六天前下的雪到今天还没化，山里真是太冷了。”吴探员道。

王探员道：“气温这么低根本化不了，越冻越结实。”

出了白云山区没多久，迎面浩浩荡荡来了二十多辆军车，风驰电掣地驶过去了。

“太嚣张了，不怕日本人派飞机轰炸呀？”探员们议论纷纷。

吴探员道：“军车上装了高射机枪，专门对付低空轰炸机……既是高级将领，性命金贵得很，哪是日本人想要就能要？”

伊宫承半闭着眼回想案发现场，听到这里心念一动，若有所悟又模模糊糊抓不住头绪。

山脚下戒备森严，除了来的时候经历的四道防线，还不时碰到巡逻队和游哨，不知是因为徐司令丢了宝贝，还是国军高级将领的到来。

回到警局，左侯不在办公室。伊宫承很不高兴，径直召集探员们开案情分析会，讨论分析现场获取的情况，最终形成两点共识：一是对负责一楼岗哨的卫兵排进行询问摸底；二是到阮植村调查岳庭家人以及他回家探亲的细节。

散会后，伊宫承弄了两个馒头就着开水权当晚饭，独自坐在办公室里琢磨案子。正想得出神，左侯一步三摇地进来，摊开手里捧着的报纸，里面是热气腾腾的锅贴。

“洛阳城最有名的小街锅贴，排了四十分钟队才买到手，局座趁热吃。”

伊宫承也觉得肚里寡淡，边吃边板着脸道：“这是你临阵脱逃，不肯去现场的理由？”

左侯苦笑：“那个徐绍峰跟我有点……小过节，为避免麻烦，我最好……最好不要跟他见面。”

“人家堂堂的河南省保安司令，能跟你有啥过节？”伊宫承表示不信。

“唉，往事不堪回首。”左侯不愿多谈，转而问道，“听说徐绍峰丢了样宝贝？”

“什么宝贝，一个茶碗而已，他其实更怀疑手底下人出了问题，想查个水落石出。”

“茶碗？凶手敢杀保安司令的卫兵，就为了偷只茶碗？”

“叫曜变天目盏……”

“啊！”左侯惊得跳起来，眼睛瞪得比铜铃大，“你、你、你……你说什么？”

伊宫承很少见左侯这么失态，有些被吓住了，愣了会儿才道：“曜变天目盏。”

“完了！”左侯突然大叫道，“它才是国宝，国之重器，怎么能丢呢？要是落到日本人手里，你我都将是民族罪人！”

伊宫承呆呆看着对方，半晌说不出话来。

第二章

曜变天目盏是茶器中的极品，“价值连城”这个词对它而言一点都不夸张，早在宋代就曾有西域少数民族首领愿意拿一块丰美的水草之地换曜变天目盏。

它具有两大特点：一是有圆形斑点，二是斑点周围闪耀着蓝色光彩，妖异瑰奇得不像人间之物。凝视它，仿佛在看夜空里繁星点点，神秘莫测。

曜变天目盏的烧制技艺早在宋代就已失传。但即使在宋代，要烧制出完美的曜变天目盏也带有极大的偶然性，除了必须具备窑变的基础条件，还得加入当代已经绝迹的矿石。

曜变天目盏成品稀少，保存至今的更是凤毛麟角。目前世上已知的只有四只，其中三只在日本，分别存于东京静嘉堂、大阪腾田美术馆和京都大德寺龙光院。中国的一只从老北平一家铁帽子王府流出，有可靠资料证明落在了徐绍峰手里，尽管他从没承认过。

“一定是日本人干的，一定是！”左侯激动地挥舞双手，“日本人想独占咱们中国人的宝贝，见不得还有孤品留在国内，所以费尽心思把它偷走！”

伊宫承提醒道：“不要冲动，不要草率下结论，到目前为止侦缉队还没发现日本人参与的证据。”

左侯冷笑："局座不知道，古玩街却已经传遍了，不然我整个下午干吗去了？古玩街的人说徐绍峰搬到青罡台的第二天，就有日本人暗中打听他跟洛阳古玩界的瓜葛，当时所有人都没想到曜变天目盏……"

"等等！"伊宫承神色凝重地问，"你的意思是古玩街都知道徐绍峰丢了只曜变天目盏？"

"那倒没有，不过早已有人开出三百万英镑的天价，据说伦敦苏富比拍卖行的行情更好。"

"老天，它居然比唐伯虎的《月下绛妃图》还值钱？"伊宫承难以置信。

左侯略一思忖，道："东京静嘉堂收藏的曜变天目盏，原是德川家族世代相传的镇宅之宝，也是家族傲视天下的权势象征。后来德川家第三代将军德川家光将此盏赏赐给自己的乳母阿福，几经辗转到了小野哲郎手里。1924年，小野委托拍卖行以16.7万日元的价格卖给了三菱社长岩崎家……"

"16.7万日元，"伊宫承闻言吃惊不小，"当时120日元能在东京买幢小别墅，一只曜变天目盏几乎相当于1400套别墅，真是天文数字！"

"哪怕无关民族大义，就算为了钱也值得某些人削尖脑袋把它弄到手了。"左侯叹道，"局座以前说过，眼下国难当头，战火绵延，民不聊生，国宝古玩估值处于历史低谷，而曜变天目盏之类国之重器更是鲜为人知。像徐绍峰这等兵痞，顶多知道它比普通古玩值钱而已，并不了解其珍贵之处，可谓暴殄天物啊！"

见左侯长吁短叹、痛心疾首的模样，伊宫承缓缓道："照你的说法，除了你，别人都不该拥有国宝级古玩，包括《月下绛妃图》？"

"收藏家有三种，一是为了收藏而收藏，二是为了牟利而收藏，三是为了占有而收藏。"

"你属于哪种？"

“第一种。”左侯道，“我是有责任心的收藏家，如果发觉凭自身能力不能很好地保存它，宁可转让给条件更优越、能善待它的人。”

“你这话好像弦外有音。”

左侯道：“局座，恕我直言，您的上司戴老板就是第三种收藏家。”

“砰！”伊宫承一拍桌子，紧张地朝门外瞅了一眼，压低嗓门道：“放肆！你在胡说什么？！”

左侯本想继续说下去，见伊宫承的神态又瞬间改变主意，笑笑道：“扯远了，言归正传，我认为这桩案子的幕后策划八成与日本人有关。”

“任何案子都推到日本人身上是无能的体现。”伊宫承不悦道，“目前为止，侦缉队并未发现日本人参与的迹象。”

“那是因为徐绍峰位高权重，局座投鼠忌器，调查根本没有展开。”

“你觉得应该怎么调查？”

“我看了刚才的会议记录，卫兵排和阮植村肯定要排查，此外还有几个人不知是局座故意忽略，还是压根不敢查？”左侯笑道，“徐绍峰的夫人，以及他儿子、儿媳，难道不需要接受询问？”

伊宫承道：“你误会了。徐绍峰夫人患有严重的风湿病，常年卧床休养，偶尔到院里晒晒阳光都须得两三名卫兵搀扶，可以排除嫌疑；儿子徐铮是保安司令部直辖独立团团长，目前带兵协防瓦子窑南侧；儿媳应茹梅是红十字救护总队河南分会副会长，连续两天在阮植村负责接收前线运下来的伤病员，指挥协调急救工作……”

“孩子多大？晚上一个人睡？”

“十二岁，有保姆陪睡，生在这种家庭早已习惯父母不在身边了。”

“保姆也得仔细盘问。”左侯目光闪动，“看来阮植村很热闹啊，团长夫人亲自坐镇，还有医生护士、伤病员、红十字会官员，岳庭也回家探过亲，如果凶手混入其中，一时半会儿难以发现吧？”

伊宫承低头盘算片刻，道：“你跟徐绍峰有过节，不想碰到他？”

“是的。”

“那你明天和吴探员去阮植村！”

左侯刚想推辞，伊宫承冷然道：“服从命令！此案事关重大，如不尽快查出凶手，徐绍峰就会找戴老板的麻烦，戴老板会找我的麻烦，我……”

“大鱼吃小鱼，小鱼吃虾米，局座就会来找我的麻烦。”

“明白就好！”

左侯苦着脸坐了会儿，转而问：“局座也亲自去阮植村？”

“我上青罡台。”伊宫承简洁地说。

“不就是卫兵排和保姆吗？阮植村的情况更复杂，需要局座亲临现场。”

“你有不愿见的人，我也有。”

左侯闻言大感兴趣，眼珠转了转道：“军统向来天不怕地不怕，从没见局座怕过谁，除非……女人？”

伊宫承挥挥手，“滚回家睡觉，明早七点动身！”

阮植村位于白云山山脚南端，距离青罡台约十里脚程，贯通南北大动脉的铁路从后村擦过。火车在后村口临时设立停靠点，用于运输瓦子窑方向撤下来的伤病员。这里交通便利，背后有白云山作为天然屏障，日本侦察机、轰炸机难于发现目标并展开行动，正好当作后方大本营。

紧接着红十字会机构、医生护士和志愿者络绎不绝地从各地赶来，原先只有四五十户人家的小村子一下子涌入数千人，家家户户的闲置房间都被征用仍无法满足需要。之后他们在树林里、山崖间搭起了数百顶帐篷，上面加盖了树枝、草叶编的伪装网。

岳家住在村子东北区域，左侯等人走进院子时里面传来一阵阵哀号咒骂声，村长尴尬地解释说临时住在岳家的三名伤员都截了肢，从早叫到晚，不过岳家人都习惯了。

岳家共有七口人，分别是岳庭父母、哥嫂和三个孩子，眼下天寒地冻正是农闲时分，岳庭母亲、哥嫂都到村郊帐篷区帮忙照顾伤病员，孩子们则在村头玩耍，只有岳庭的父亲岳福守着家门。

“前些日子小庭回了趟家，没想到是最后一面，早知道……”岳福抹抹混浊的泪水道，“小庭当了七年兵，不想再干了，琢磨着回村讨个媳妇种种田过安稳日子，这次回来就是念叨这事儿。刚好村东有户人家要卖房，他准备凑些钱买下来，这样方便说媒……”

左侯问：“看大伯家并不宽裕，能凑足钱吗？”

“小庭自己攒了些钱，再找左右邻居借借，乡下人家没房子说不上亲……唉，现在说这些都没用，人都没了！”

说到这里岳福老泪纵横，伤心欲绝。左侯连连安慰，等他情绪稍稍平复下来继续问道：“他在开封的几年经常回家探亲吗？有没有提过讨媳妇的事儿？”

“一年回两三趟吧，去年看中邻村一家闺女，请媒婆过去撮合，人家到咱村访了访，发现咱家田地少，住的地儿不宽裕，家底子薄，一口回绝了。小庭气得两顿饭没吃，那次是空着肚子回部队的……”

“这次探亲他在家里待了几天，跟哪些人见过面？”

“时间不长，当天傍晚到家睡了一宿，第二天下午就走了，说值班人手紧排不开。见的人嘛……”岳福苦苦思索了好一会儿道，“第二天上午他本来说好帮我碾玉米，走到半路又说要去帐篷区看望战友，耽搁到中午才回家。”

“那位战友……叫什么名字？”

岳福摇摇头，说儿子连姓都没说就匆匆跑开了。

左侯到几间屋转了转，见他家家具陈列少得可怜，除了必备的桌子、板凳、衣柜没有任何装饰，难怪邻村闺女一看就知道岳家家底子薄。

他们出门时又遇到回家拿衣服的哥哥，关于岳庭，所说的与岳福大抵相同。

应茹梅的红十字会协调小组设在村公所，到底是保安司令亲眷，村公所周围三步一岗五步一哨，出入均要接受严格的盘查。

“这哪是救死扶伤，分明来摆谱嘛，万一碰到什么特殊情况，哪里找得到她？”左侯不满地说。

村长不便说什么，顾左右而言他。

在村长办公室，左侯见到了应茹梅，心里暗暗吃惊：一惊她如此年轻，二惊她如此漂亮。

凭经验，这么漂亮的女人通常会惹麻烦。

第三章

徐绍峰今年六十七岁，徐铮四十三岁，左侯原以为应茹梅是四十左右的半老徐娘，不料目测下来顶多三十五岁。

“案发当夜我不在青罡台，对古玩也不感兴趣，没法提供有价值的线索。”听左侯说完来意，应茹梅直截了当道，“我现在很忙，没时间聊天，请左顾问回青罡台了解情况吧。”

越漂亮的女人脾气越大，真是一点面子都不给。

左侯正待解释，外面匆匆进来一位女医生，个子不高，皮肤白皙，戴着眼镜，四十多岁的模样，风风火火道：“应会长，十分抱歉打扰您，但急救区的常用药品顶多维持到今晚，明天再有伤病员运过来只能靠绷带止血，已做完手术的也没法继续用药！”

应茹梅显出苦恼的神色，道：“我从昨晚就开始联系各地供应站，可有的道路被烧毁等待抢修，有的运到别处急用，还有的要先付款……我会继续努力的，大竹医生！”

“没有药品，红十字会就失去了在白云山存在的意义！”大竹医生硬邦邦地扔下这句话后旋即离开。

“看到我们面临的困境了吧？”应茹梅疲倦地说，“缺药品，缺器械，缺棉衣棉被，缺过冬粮食……什么都缺！红十字会并非取之不尽的宝库，全是靠捐献和赞助。当下国难当头，烽烟四起，需要救助的地方太多太多，僧多粥少难以为继……”

左侯却关心另一个重要问题：“大竹医生是日本人？”

应茹梅反问道：“是啊，你很奇怪？”

“我们在……在跟日本人打仗，她却跑来医治中国军人？”

“人道主义没有国界。”

“好好好，”左侯举手做投降状，“她是否属于红十字会成员，你对她了解多少？”

应茹梅皱眉道：“你的任务是查案，甄别间谍不在你的职责范围吧？”

“事实情况是，你公公丢失的心爱之物——曜变天目盏颇受日本人关注，我们有理由怀疑是日本人所为……”

“因此方圆百里之内的日本人都有嫌疑？”她讥讽道。

“请如实提供大竹医生的情况。”左侯索性坐到她对面，摆出不达目的不罢休的架势。

应茹梅冷了冷脸，也不便拿他怎样，毕竟案子与徐家有关。她略作思忖道：“参与阮植村临时医疗点救援的共有两位日本医生，一位是刚才的大竹纯子，东京医科大学高才生，和平主义者，中日战争爆发后辞掉优厚的工作来到中国，接受红十字会调配，主要在交战区后方从事抢救工作。另一位叫藤泽朋，三十七岁，亚洲反战联盟成员，两年前被派遣到华北地区与红十字会合作，擅长外科手术，来阮植村后平均每天五个手术，累得上厕所都要别人搀扶。两人医术精湛，憎恶战争和流血，从某种程度上说，是在带着赎罪的心理做事……”

“除了工作两人有什么爱好？”左侯打断她的溢美之词，“平时与哪些人相处，跟日本那边的亲戚怎么联系？”

“不断地抢救伤病员就是他俩的爱好，没有朋友，没有休息，只有忘我地工作！藤泽多次在我面前说过，自从接受联盟派遣到中国那天起，就没打算活着回去。事实也是这样，尽管有白云山作为天然屏障，但日军侦察机已开始注意到这里，频频出现在附近上空，我怀疑两三天内就会有轰炸机光临，当然，我们早已习惯了……”

“我想单独跟他们聊聊。”

应茹梅看出他还在怀疑两人，冷冰冰道：“悉听尊便，不过别影响人家正常抢救，人命关天，出了岔子你会有大麻烦！”

“再大的麻烦有头儿顶着，也轮不到我。”左侯笑道。

“头儿？”应茹梅目光一闪，“侦缉队现在是不是伊宫承负责？他为啥没来？”

“他去了青罡台。”

“哼，我看他是不敢来吧！”

左侯顿时来了兴趣，“他为什么不敢来？”

应茹梅低下头边看材料边说：“急救区在帐篷区东侧，出门向右转。”说罢不再理他。

急救区也就是五顶稍微大一点的帐篷，门口有士兵站岗，藤泽朋正主刀进行头部中弹的手术，容不得半点分心和打扰。左侯来到第四顶帐篷，耐心等大竹纯子连续处理了火药灼伤、断臂止血和子弹穿孔伤员后，微笑着坐到她对面做自我介绍。

“我是医生，我来中国的目的是尽最大努力挽救战场上倒下的士兵，别的，都不感兴趣。”她边说边打量帐篷外等待的伤病员，焦虑之色溢于言表。

“或许我是这儿最不受欢迎的人，但职责所在必须问几句话。”左侯还是微笑，“大竹医生听说过曜变天目盏吗？”

“我对古玩不感兴趣。”大竹纯子不耐烦道，“而且，我对身边所有的一切都不感兴趣，我存在的价值就是拯救生命，这么说您明白了吧？”

左侯还想继续聊下去，但外面伤员捂着血淋淋的手臂冲了进来，大竹纯子立即换上温柔慈爱的表情，娴熟而细致地做急救处理，左侯在旁边站了会儿只得讪讪离开。

他又坐在手术帐篷外等了两个多小时，才等到藤泽朋满脸疲惫地出来，白大褂上溅满了血渍。

“听说青罡台发生意外，离阮植村很近，我和大竹作为日本人被怀疑是正常的。”藤泽朋缓缓道，“两年来我被无数次问过同样的问题，‘你医治好的士兵重新拿起枪杆跟日本人打仗，你会不会因此内疚？’我说这是一场严重践踏公平正义的战争，我要为日本政府的错误决定赎罪，哪怕自己的贡献微不足道。”

“您跟大竹医生的关系如何？”

藤泽朋谨慎地说：“我们仅限于医学方面的交流，大竹医生比我年长，从业时间也超过我，算是前辈，我非常敬重大竹医生。”

言下之意不要联想到男女感情，两人只是纯粹的工作关系。

“您听说过曜变天目盏吗？”

“什么？”藤泽朋愕然问，“我的中文不算太好，麻烦左顾问说得慢一点。”

左侯细细解释之后，藤泽朋道：“对我来说古玩是个陌生的世界，身为医者要研究的课题很多，没时间培养别的爱好，这一点大竹医生大概深有同感吧。”

“来到阮植村后除了抢救工作，您和大竹医生有没有接触过其他人，或到附近游览，比如爬山等？”

藤泽朋掐指算了算，“我们跟随红十字会医疗队到这儿已经第十七天了，十七天，我从没出过帐篷区，也没跟村民说过一句话。从早到晚就是不停地手术，然后睡觉，醒了又站到手术台边……”

“身边没有聊天的朋友？”左侯追问了一句。

“每天手术做到深夜，最想做的事就是睡觉，哪有时间聊天？谁有时间陪我聊天？”

“大竹医生呢？急救和伤势紧急处理相对轻松些……”

“辛苦程度跟做手术差不多。”藤泽朋想了想，“偶尔她会找应会长聊聊，应会长在日本留过学，精通日语。”

“在同胞眼里你和大竹医生算不算叛徒？”

藤泽朋轻轻笑了：“左顾问是第一个当面提这个问题的人。大概每个中国人都这么想，哪怕是被我救活的士兵。但我的朋友、同事、亲戚们不会这样想。我没有做有损国家利益的事，没有参与这场战争，我只是在尽一个医生的职责，仅此而已。”

见他态度和蔼有问必答，左侯还想多聊几句，这时两名士兵大声吆喝着抬着担架冲过来，鲜血滴沥不止，藤泽朋立即起身，边戴手套边吩咐帐篷边的助手做好手术准备。

左侯找负责帐篷区警戒的卫兵询问岳庭探望受伤战友情况，但无人认识。这里每个人走路说话都风风火火，忙得停下来听句完整话的时间都没有。

为方便手术，藤泽朋就住在急救区左侧的小帐篷；大竹纯子则和其他女医生、女护士们住在村公所后面，有卫兵守护。帐篷区那边聚集着上千个在前线熬了几个月的精壮男人，不能不考虑安全问题。

吴探员走访阮植村村民后验证岳福所言非虚：村东确实有户人家要卖房迁往四川，乡下土地贱，加之又是茅草屋，在当前硝烟弥漫、日军随时可能攻占洛阳的情况下，价格再低也无人愿意买。上次岳庭过去转了转，很满意屋子前河后山的风水，没还价就当场拍板，还付了两块大洋做订金。

如今岳庭意外身亡，这笔交易肯定做不成，那户人家正琢磨着把订金退回去。村里人都很实在，不愿昧着良心赚钱。

村里媒婆也证明，前些日子岳福委托她再次到邻村找去年那家撮合。老实说那闺女模样不算俊，身底子也弱，干不得农活，一年多来没嫁出去，既然原先嫌弃岳家没房子，如今置了家产总该能成吧?

“幸好正月里不兴说媒，准备开了春过去，不然那头刚答应这边就死了人多不吉利！”媒婆拍着大腿说。

上午十点钟下起了鹅毛大雪，地上很快积了厚厚的雪。左侯等人本想驱车回城，开了一小段连遇险情，险些翻下几十米高的山崖，为安全起见一行人只能乖乖返回阮植村。

第四章

伊宫承带着王探员等人上山，到青罡台花了近三小时。七道警戒线，反复而烦琐的搜身，手枪、防身匕首等悉数被没收封存。伊宫承铁青着脸想抗议，但见人家清一色美式装备，以及卫兵们如临大敌的模样，只得悻悻作罢。

“妈的，有本事上前线跟日本人干，在这儿耀武扬威算什么好汉！”王探员暗底下骂道。

伊宫承深有同感，碍于身份不便开口。

青罡台内外更是防得如铁桶一般，伊宫承等人站在前楼门口足足等了半个小时才有一队卫兵出来，将他们夹在中间步行穿过前楼通道进入后楼。不一会儿，陈副官带着两名卫兵匆匆赶来，显然要全程监视。

“这位光临青罡台的高级将领……到底有多高，让徐司令紧张成这样？”伊宫承问道。

陈副官摇摇头，不知是不知道，还是知道但不肯透露。

他们首先询问了保姆，她对前天夜里发生的事一无所知。二楼西侧大套间里隔了四小间，最里面是徐铮和应茹梅的卧室，旁边是孩子的卧室，外面两间一间是卫生间，一间是保姆休息的房间。

自打搬到青罡台，徐铮压根没回来过，应茹梅也成天泡在阮植村，难得在家里露面，因此孩子便睡在父母亲的卧室，保姆为方便照料改睡孩子的房间。

“这孩子有点尿床，一般夜里两三点钟我起来叫他撒泡尿，然后一觉睡到天亮。前天夜里也是这样，没听到什么动静。”保姆说。

伊宫承双手负在背后，默不作声地到各个房间转了转。转到徐铮的卧室时，他突然一指红木雕花大床后面的墙壁问：“那是谁画的？”

墙上赫然画着一只曜变天目盏！

画的笔法拙劣，线条简单幼稚，但一眼便能看出是曜变天目盏，因为茶碗侧面画着它特有的圆形斑点。

保姆瞠目结舌：“我……我……没注意过……是不是童童画的？”

童童即徐铮和应茹梅的儿子。

正在一楼跟着私塾先生学习的童童被带上楼。他在众目睽睽下说不是自己画的，以前也没见墙上有这个图案。

十二岁的孩子思维具备一定的条理，不会乱说。

陈副官道：“据我所知，司令从未在任何人面前出示过曜变天目盏，更不用说给童童看。孩子不懂事，容易把东西碰坏……”

伊宫承沉声道：“没见过曜变天目盏的人，绝无可能画出这个图案，我也是昨晚研究资料时刚刚了解，也就是说……”

“就是说凶手杀害岳庭、盗窃曜变天目盏后，特意到童童房间留了个记号！”陈副官意识到事态的严重性。

二楼没有卫兵，倘若凶手起了杀心，完全可以闯入徐绍峰的房间取其性命！

退一步讲，凶手在童童房间留记号的目的就是告诫徐绍峰：我可以杀你，但饶你一命！

伊宫承重重点头，“的确如此。”

“我立即向司令报告！”陈副官大步跑下楼，脚步间有些慌乱。

没多久徐绍峰在卫兵的簇拥下杀气腾腾地进来，劈头就说：“家里没人见过那只曜变天目盏。搬到这幢楼前所有墙壁专门粉刷过，图肯定是凶手画的！”

伊宫承道：“看来凶手不单想偷盗国宝级古玩，还有更大的阴谋。”

徐绍峰怒吼道：“不管什么阴谋，侦缉队必须尽快抓住凶手！”

“徐司令，从目前情况来看一楼卫兵和昨夜巡逻队嫌疑很大，我请求将他们全部拘禁起来！”

徐绍峰眼睛都没眨一下，“陈副官，派人收缴他们的枪支，隔离到拘禁室听候发落！”

“是！”陈副官随即带卫兵下楼，王探员等人也跟着过去配合。

卧室里只剩下徐绍峰和伊宫承。

徐绍峰道：“老实说，伊宫局长有没有发现线索？”

“楼后面紧贴着千仞绝壁，除非凶手长了翅膀，否则进不来，逃不掉。因此办法要么是从前楼进入，要么买通一楼卫兵大模大样上楼，或者也可能是顺着下水管爬到三楼……得手后也是同样的线路。不过有一点……”

“什么？你尽管说。”

“从青罡台下山后，正面有警备师三团数道防线，两翼是保安大队特务连把守，凶手仓促间无法混过重重检查，而近几天山上积雪结冰，天寒地冻无处藏身，凶手只能……”

徐绍峰一拳砸在墙上，“藏到阮植村！那里有上千个伤病员，加上各地赶来的医生护士和义工，甚至还有江浙两地的大学生，鱼龙混杂，躲个十天半个月不成问题。”

“司令英明！”伊宫承违心地拍了句马屁，想到平时左侯挂在嘴上的“局座英明”，真是满肚子苦水。

“他娘的，老子下午就调两个营过去逐个甄别，不信挖不出凶手！”徐绍峰怒道。

伊宫承提醒道：“运到阮植村的伤病员是从前线各个阵地会集来的，建制、番号均不相同，短时间内恐怕无法核查。另外，医生护士等都是自愿报名而来，红十字会只有姓名籍贯等信息，也不知真假……”

“我不管！”徐绍峰狞笑道，“凶手既然杀了人，怀里又揣着宝贝，神态反应终究会跟常人不同！就这样定了，下午调集人马包围阮植村，我的人负责把伤病员隔离成几块区域，甄别、捉拿凶手的活儿还得麻烦伊宫局长！”

最后一句话虽说得客气，实质等于命令。

伊宫承极度不愿去阮植村，也知道阮植村有个人不愿见徐绍峰，但胳膊拧不过大腿，只得应道：“是！”

上午那场突如其来的大雪对集结部队产生了严重影响，多辆军车在山路侧翻，行军速度也大为延缓，至傍晚还有两个连仍在途中。

徐绍峰颇感面上无光，阴沉着脸道：“就地休整，明早天一亮就出发！”

阮植村村民和伤病员们一觉醒来，便看到漫山遍野皑皑积雪，一脚踏下去没至小腿肚，而且雪还在下，纷纷扬扬不知下到何时。然后他们便发现村头、路口边站满了荷枪实弹的士兵，从臂章看应该是河南保安大队的。

国军正规部队士兵可不鸟这些不敢上前线、专门躲在后方的家伙，当即有些轻伤病员骂骂咧咧上前挑衅，很快被撂倒在地。

特务连都受过严格而残酷的训练，对付普通士兵可谓小菜一碟。伤病员们知道厉害，缩回帐篷不敢吱声。

在大批卫兵保护下，徐绍峰象征性视察了帐篷区，与医生、护士、伤病员代表握手寒暄，旋即回到村公所。

不出意料，露面的只有吴探员，左侯不知躲到哪儿去了。同样回避的还有应茹梅，这个场合下公公与儿媳坐到一块儿似乎有些戏剧性，她早早带人去了急救区。

伊宫承暗暗松了口气。

铺开阮植村地图，伊宫承建议将帐篷区与村子彻底隔离，逐户搜查登记。然后他将帐篷区划分为五部分——重伤病员就地甄别；其他区域伤病员逐个登记搜身后转移到村里，拆掉帐篷彻底搜查；对于流动性较大的医生、护士、义工等，采取相互联保措施，确认前夜行踪。

“红十字会成员也在检查范围内，任何人不得例外！”徐绍峰沉着脸补充道。

十分钟后，整个阮植村陷入了鸡飞狗跳般的混乱，特务连和侦缉队挨家挨户盘查，翻箱倒柜。村民和养伤的伤病员们敢怒不敢言，气氛压抑得令人窒息。

此时躲在村北角一家农户院里的左侯心里十分笃定，只要不是徐绍峰大驾光临，自己凭洛阳警察局顾问的招牌足以蒙混过关。他悠然欣赏着院墙角落的蜡梅，喃喃自语：“万木冻欲折，孤根暖独回。前村深雪里，昨夜一枝开……古诗的意境当真是模仿不来的……”

正当他沉浸在诗意画意中时，门被陡地推开，一个身穿粗布短褂、毡帽遮掉大半个脸的身影飞快地跑到他面前，低声道：“左侯，快救我！”

左侯惊得连退两步，抑不住惊愕和震惊，半晌道：“你……你怎么搅到这儿来了？！”

来者正是之前与他有过几度交手，又纠缠不清的芦白花！

“说来话长，等有时间慢慢告诉你。”芦白花道，“保安队查得很紧，我是上了黑名单的人，肯定经不起盘查，帮我一把！”

左侯脑子高速运转，瞬间想到地窖、夹墙暗巷，甚至蜷进伤员被窝里，然后又一一否决。正踌躇间，一伙士兵如狼似虎地撞开门，一个守在门口，一个冲进堂屋，其他人将左侯和芦白花围在中间。

“你俩干什么的？出示证件！”为首的小队长凶神恶煞地喝道。

左侯镇静自若道：“侦缉队，来帮你们徐司令破案的，不信到村公所问伊宫局长和应茹梅会长。”

一口气报了三个大人物的名字，还是有点震慑作用。小队长神色略有缓和，目光转到芦白花身上扫了几眼，道：“虽是自家人也得看一下证件，例行公事。”

左侯掏出顾问证晃了晃，道：“这是我的，他的放在村公所，回头交给陈副官验明正身，行不？”

小队长依然盯着芦白花——她化装成皮肤黝黑的年轻小伙儿，纵然如此还是有几分清秀。小队长满脸狐疑，犹豫不定是否要揪住她彻查到底。

第五章

左侯脸一板，道："不相信是吗？走，我们到徐司令面前说清楚！我倒要看看保安队有多牛，敢先拿咱们侦缉队开刀！"说着拉起芦白花往门外走，还回头招呼道，"派两个人跟着，你也一起来！"

小队长被左侯的气场镇住了，他也是能屈能伸的老江湖，当即赔笑道："左顾问说哪儿去了，这点小事还去麻烦徐司令，我们兄弟还不得被骂死？稍等会儿，待兄弟们翻翻就离开，不打扰您办案。"

士兵们将吓得战战兢兢的村民赶到院里，从卧室搜到厨房，果然刚才左侯脑海里闪现的地窖、夹墙暗巷等隐蔽地点一处都没放过，并毫不留情地掀开伤病员被子查看里面有没有藏人，衣柜、床下、屋梁暗处也拿手电筒仔细照射，犹如筛子般将院子内外过滤了一遍。

没发现异状，小队长点头哈腰连连道歉后便走人了。

芦白花趴在门缝间观察他们的去向，左侯用力扳过她的肩头，压低声音严厉地说："曜变天目盏是你偷的？"

"不是我！"

"从你刚才出现起，我就猜与你有关！寻常人根本不知道它的巨大价值，即便知道也不敢偷……"

芦白花冷静地说："我说过不是我，信不信由你。"

"白花，这几次见面你不停地在我面前撒谎，我还能相信你吗？"左侯伤感地说。

"我为什么撒谎？因为你的身份变了，你、是、警、察！"

"顾问！顾问不是警察！"左侯强调道，"我只协助警局侦破与古玩有关的案子，比如曜变天目盏！你偷它干什么？卖给日本人，换取你们急需的物资？"

芦白花跺跺脚道："都说了跟我没关系……这次来阮植村是有别的任务，可惜运气不好竟然碰上失窃案。昨天听说后我就猜到糟了，万一被洛阳城里的人看到，肯定要怀疑到我头上。"

"什么任务？"

"是……"她微微沉吟，道，"透露给你也无妨，日本人准备在青罡台有所动作，我方打算拿这个情报与徐绍峰作些交换——这是有利双方的事，我方付出很大代价才弄到手，希望你保守秘密。"

左侯有些相信了，道："只要不是你就好。日本人极度推崇曜变天目盏，价格炒得比欧美市场价还高，目前世上有据可查的四只曜变天目盏，有三只在日本，我不想国内唯一的一只也流出国门。"

芦白花盯着他，深邃的眼中流露出复杂的情绪，"为什么我始终有种看不透你的感觉？日本人快打过来了，你为何还留在洛阳？"

"从当初到现在我的心没变过，变的是你，白花！"左侯深沉地说，"我始终觉得信仰不同没关系，但我们有共同的敌人，还有深厚的感情基础……"

芦白花又朝外面望了一眼，打断道："我得撤了，关于曜变天目盏……晚上见面再谈。记住，村西双洞桥右侧树林，晚上十一点半！"说罢她将门轻轻开了个缝，像条游鱼似的轻巧地钻了出去。

“哎，不是说跟你没关系吗……”

良久左侯才反应过来，赶紧跑到院门外，芦白花已消失得无影无踪。他懊恼地轻轻甩了自己一记耳光。

芦白花分手后神秘失踪，再度出现在他面前后仿佛换了个人，行踪飘忽不定，心思让人捉摸不透。虽说有那次在城北大邱黑屋子里的缱绻风光，总体上被她算计、利用的程度更多些。为了获得《月下绛妃图》，她居然与左侯的宿敌傅小明联手，令他极为心碎。

刚才芦白花否认偷了曜变天目盏，但左侯总觉得她在这个节骨眼上出现并非偶然。

村子清理完毕后，陈副官和伊宫承分别率队来到帐篷区。左侯从远处觑见徐绍峰不在，才鬼鬼祟祟地混入了探员队伍。

伊宫承不满地瞪眼道：“跑哪儿去了？”

“唉，一言难尽。”左侯搪塞道。

大雪封路，前线方向的火车也暂时停开，急救区清闲了很多，不像往日那样乱糟糟地吵成一片。

帐篷里大竹纯子等几名医生边擦拭器械，边跟应茹梅聊天。左侯特意让探员们停下脚步，凑在门口听了几句。他们仍在讨论药品、棉衣等物资短缺问题，还有即便花钱购置，眼下这个天气也无法及时抵达等。

伊宫承听到应茹梅的声音，欲转身到别处，左侯却拖着他进了帐篷，笑道：“伊宫局长来看望大家了，这位是大竹医生，这位是应……”

应茹梅站起身冷冷道：“我们认识，对吧，伊宫局长！”

最后四个字咬得很重，伊宫承脸上浮现既尴尬又苦涩的神情，低声道：“是的。”

左侯进来前已猜到伊宫承不想见的就是应茹梅。不消说，两人之前一定有段不愉快的回忆，八成与感情有关。

“不好意思，侦缉队要进行全面搜查——包括各位的身份甄别。”见伊宫承没了进一步动作，吴探员等人察言观色不敢动手，左侯只好冲到前面。

应茹梅一拍桌子道：“放肆！这里都是自愿到前线提供医疗救助的志愿者，人家放弃优越的工作生活环境为了什么？不准对他们无礼！”

左侯道：“这是徐司令的命令，红十字会成员也在搜查范围内，应会长！”他转向伊宫承说，“局座，徐司令是这么说的吧？”

左侯不怕事大，企图彻底激怒应茹梅。

伊宫承看破他的用心，正色道：“区别对待！弟兄们把帐篷检查一下，医生们就免了。”

“是。”吴探员等都是老江湖，嗅出浓浓火药味，听到此言均松了口气。

应茹梅却逼到伊宫承面前，挑衅般道：“我呢，要不要搜身？”

“这个……只能局座亲自动手，毕竟是熟人嘛。”左侯不怀好意道。

“也免了！”

伊宫承硬邦邦地吐出三个字后转身向外走，左侯赶紧问：“局座去哪儿？”

“头晕，出去呼吸新鲜空气。”伊宫承道。

应茹梅哼了一声，也跟了出去。

左侯冲吴探员挤挤眼，笑道：“弟兄们别着急，搜仔细点。”

伊宫承走到帐篷不远的大树下，手抚树干长长叹了口气。才叹了一半，应茹梅冷不丁从树后冒出来，道：“该叹气的恐怕是我，而不是你吧，局座！”

伊宫承下意识退了半步，摇头道：“别再以职务相称，你叫我伊宫，我叫你茹梅，行不行？”

应茹梅冷笑道：“这样就能回到过去？”

伊宫承沉默半晌，再次深叹：“回不去了……”

“如果，我是说如果，回到十多年前重新选择，你会怎么做？”应茹梅问道。

伊宫承目光穿过树枝投到蔚蓝的天空上，回避了这个话题：“茹梅，在你面前我只有深深的愧疚，真的，这个世上我唯一对不起的人就是你。”

“说得很真诚，可你没有主动找过我一次。”应茹梅道，“即使我来到阮植村，要不是徐绍峰丢了宝贝，也请不动你的大驾吧？”

“今非昔比啊……”

这时陈副官带着一队人马从右后方过来，为避嫌两人赶紧分开，应茹梅回到帐篷里，伊宫承则通知队员收队赶往下一处。

趁探员们在帐篷里搜查的时候，左侯把伊宫承拉到外面，悄声道：“两个日本医生不能排除嫌疑。”

“怎么讲？”

“白天固然忙得转不开身，但夜里两人都享受特殊待遇——藤泽朋有单独的小帐篷，大竹纯子也是睡单间的。而且我刚才了解到，为了安全，以及保证他们白天有充沛精力，应茹梅要求夜里不管发生什么紧急情况都不准打扰他们。”

伊宫承道：“这个规定是对的。两名日本医生是医疗队顶梁柱，承担近三分之一的急救和手术量，必须保证充足睡眠。”

“应茹梅说什么都对。”左侯似笑非笑。

“别想差了，我和她之间……仅仅熟悉而已。”伊宫承挥挥手道，“别总揪着日本医生不放，凶手就是杀人、偷曜变天目盏，不要把简单的案情复杂化。”

“那你在童童房间墙上看到的画怎么回事？”

“炫耀呗，说明他有杀徐绍峰的机会，警告他不准追究此事。其实有机会杀人与能不能得手是两码事。徐绍峰军人出身，警觉性很高，凶手若真摸进去未必能成功下手。”

左侯道：“我不这样想。对徐绍峰来说，比曜变天目盏更重要的是什么？”

“呃……他自身的安全？”

“童童！”左侯严肃地说，“徐家四代单传，徐绍峰对这个孙子视若珍宝，除了下部队视察，平时一步不离带在身边。凶手就是抓住他的弱点，在墙上留画予以警告。”

“说白了还不是阻止他张扬嘛。”伊宫承不以为然道。

“恐怕不是。保安大队副司令的住处发生命案，于情于理都必须通报，纸是包不住火的，凶手留画应该别有用心。”

“你觉得凶手下一步想干吗？”

左侯沉思良久，道：“前提是查清凶手的身份……”

伊宫承没好气道：“说了半天全是废话！”

“咦，局座心情很差？”左侯仔细打量他一番，眨眨眼道，“因为应茹梅？”

伊宫承眉毛一扬正准备发怒，上午在村北角农户院里遇到的保安队小队长率人从身边路过，冲左侯打了个招呼，道：“左顾问，那位手下的证件不用看了，哈哈……”

左侯暗骂他没事找事，干笑两声作为回应。

“什么手下？什么证件？”不愧是老军统，伊宫承从短短半句话里听出端倪，厉声问道。

第六章

饶是左侯脑子灵活有急智，仓促之间也没法圆谎，只得顾左右而言他。伊宫承脸色一变，快步追上那个小队长问了几句，折回时面色严峻。

“你帮谁打掩护，老实交代！”

“一个……跑江湖的朋友，多年没见，我也不知道他现在干啥……”

“是不是芦白花？”伊宫承蓦地说，“能让你甘愿冒险的人少之又少，她或许是唯一一个。”

左侯内心深处像被针刺了一下，生疼生疼，咬紧牙关道：“局座想象力过于丰富，可以在报刊上连载通俗小说了。”

“离那个共党分子远点，她会给你带来不幸，之前两桩案子已经证明这一点。”

“我好像没承认是她吧？局座未免太武断了。”

“等她落到我手里，你就知道什么叫后悔莫及了！”伊宫承冷冰冰地说。

搜查甄别行动直到傍晚才结束，抓捕了二十多个可疑分子，经过审讯和与战区指挥部联系后均排除了作案嫌疑。

“凶手肯定有合法身份，查不出来倒也罢了，但曜变天目盏能藏到哪儿去？荒郊野岭的，如果胡乱掩埋了没准以后自己都找不到。”徐绍峰脸上肌肉跳动，显然对行动结果极不满意。

伊宫承暗忖左侯能帮芦白花混过检查，说明搜查行动还有漏洞，苦思冥想好半天，道：“徐司令，火车恢复运行后明天中午才到达，还有半天时间。我们一方面要等王探员在青罡台审讯卫兵的结果，另一方面锁定重点区域搞第二轮强力搜查，不怕引起混乱，声势越大越好，给凶手留下我方查不出真相誓不罢休的印象。这样倘若后天火车恢复运营，他必定设法逃离……”

“唔，那帮兔崽子闲着也是闲着，不如找点事给他们做做。”徐绍峰微微颔首，认可了他的提议。

回到帐篷区营地，左侯和探员们正一起研究案情，伊宫承故意隐瞒了明天再次搜查的消息，也不想让侦缉队参与。

他断定上午左侯掩护的就是芦白花，很想借保安队之手抓到她，从而一举破获共党在洛阳的地下组织。

由于此案线索几乎为零，大家讨论了半天毫无头绪，晚上九点多钟便各自回新搭的帐篷休息了。探员们大抵五六个人合住，只有伊宫承和左侯享用单身小帐篷。

晚上十一点二十分，左侯悄悄起身，悄无声息地在帐篷区穿行，然后绕过野坟地赶到村西双洞桥右侧树林。

“迟到了五分钟。”芦白花幽灵般闪现在他面前。

左侯冷得直搓手，“说说曜变天目盏吧，你知道多少？”

“咱俩每次见面非得谈古玩吗？”

“白花！”左侯诚恳地说，“上午的事伊宫承已有察觉，以军统对共党分子的憎恶，必定暗中加紧搜捕！”

“那是自然的。”

“你此行到底要干吗？如果跟曜变天目盏有关，赶紧设法离开；如果要跟徐绍峰交易，不妨早点摊牌，免得落到军统手里。”

芦白花幽幽叹道：“你觉得我俩能跟徐绍峰正面接触吗？”

左侯一滞，颓然道：“说的也是，那个套儿实在让他大伤颜面……”

六年前，徐绍峰任开封警备司令部司令，因为爱好收藏，很快被专吃大户的左侯和芦白花盯上。

芦白花通过开封古玩圈的引荐见到徐绍峰，拿出一对龙虎汉白玉嵌金丝玉雕，说是祖传生肖金镶玉，因筹集出国留学费用挥泪甩卖，要的价格也中规中矩——五百大洋。

徐绍峰是资深古玩收藏家，一眼看出这对金镶玉根本不是生肖玉雕！

玉虎横卧、玉龙蛇似的一圈圈盘着，古代玉匠绝少做这种蜷伏状生肖造型，因为看起来没精神，缺乏生气活力。反过来讲，底部平坦、重心在下半部分的卧形玉雕是用在哪里的呢？

魏晋以前古人席地而坐，王室贵胄之家备有低矮的床榻，上面铺有草席，有的还置帷帐，草席和帷帐的四角都要用重物压住，这叫席镇！

金镶玉席镇无论文物价值还是本身工艺、纹饰水平，比金镶玉生肖高出三四倍，也就是说徐绍峰捡漏了！

五百大洋，即便买普通金镶玉生肖都不算贵，像这样品相完好、造型饱满生动、分量颇重的席镇，一对儿的价格起码得一千五大洋左右。

请开封知名鉴定师验证是真品后，徐绍峰没还价便将这对“龙虎金镶玉”买下。

隔了三四个月，开封古玩街又出现一只金镶玉玉马席镇，明码标价——三千大洋。圈内都说疯了，谁愿意花这么多钱买只孤零零的席镇？

徐绍峰也去看了，心知这玉马与之前买的那对龙虎是一套，草席、帷帐都有四个角，所以席镇也是四只为一套。他暗中盘算，三千大洋买玉马席镇固然得不偿失，但五百大洋买一对是大赚特赚，两下合计基本扯平，遂派人悄悄将它买下来。

一套席镇有其三，剩下那只反倒成了徐绍峰的心病，他之后寻遍中原地区古玩圈却无下落，一直引以为憾。

一晃大半年过去了，洛阳那边突然传来消息，有个藏家手里拥有金镶玉玉牛席镇，龙虎牛马，正好凑齐一套完整的金镶玉席镇！

徐绍峰欣喜若狂，当即派人过去接洽。“卖家”正是左侯，先是以镇宅之宝为由拿腔作势不肯卖，被纠缠紧了方装作无奈的样子报了个价：一万大洋！

徐绍峰纠结无比。

论价格，一万大洋能买两套金镶玉席镇。但放眼中原地区，根本找不到品相完好且成套的席镇，可谓有价无市。再说家里明明有龙虎马放在那儿，不凑齐了说不过去。

徐绍峰动用多方势力试图说服左侯，但他就咬死那个价儿，少一个铜板都不卖，并说自己并不缺钱，宁愿徐绍峰放弃这笔买卖。

徐绍峰也不是缺钱的主儿，迫于无奈，只得捧出一万大洋购得玉牛席镇。

明明值五千大洋的金镶玉席镇，硬是花了一万三千五百大洋才凑齐，徐绍峰事后冷静下来越想越不对劲，暗中派人打听，结果发现左侯和芦白花居然是洛阳最著名的古玩造假高手和行骗高手！

整件事从低价甩卖龙虎玉雕，到提价卖掉玉马，最后报出万元天价，每个环节都经过精心算计，完全摸清和掌控了收藏家追求完美的心理。

两人下套前已将中原地区仅存的三套金镶玉席镇悉数买下，造成有价无市的假象，成功误导了徐绍峰。

更让人啼笑皆非的是，徐绍峰不惜代价收购的行为推高了金镶玉席镇市场价，从四千大洋一套飙升到八千大洋，左侯而后陆续将先前买的三套秘密脱手，又大赚一笔。

徐绍峰气得浑身发抖，尽管左侯和芦白花与他见面时都化了妆，还是设法弄到两人真面目，联系洛阳警备区张贴通缉令。

不过两人联手做的大案太多，一直在被警察局追捕，加之中原地区兵荒马乱，这种小打小闹很快就湮灭在层出不穷的恶性事件里。

沉默一会儿，芦白花道："走，上山去。"

"什么？"左侯吃惊地说，"山里气温肯定零下十多度，冻都冻死了！"

"以前咱俩一起的时候，你百依百顺，从来没质疑过我。"

"你想上山干啥？"

"百闻不如一见，有个东西必须让你亲眼看到才会相信。"

左侯想了想，咬牙道："好！"

入夜后气温急剧下降，别说山里，就是村子一带都在零下十多度，山风呼啸，整个村庄死一般寂静。各处关卡哨兵穿着双层棉大衣哆哆嗦嗦地蜷在哨位里，巡逻队咬牙切齿地走完一段便赶紧找个避风处生堆火暖和一下。

通往白云山的山路无人值守。冷得掉渣的寒夜，哪个不要命的敢进山？

两人轻巧地闪过巡逻队，没多会儿便翻过一个小山坡。

"好像回到当年咱俩作案的时候，很亲切呀是不是？"芦白花道。

左侯冻得牙关咯咯作响："最好告诉我还有多远，我……"

"这两年你真是养尊处优。"

"如今的江湖已经不属于咱俩了，该服老了。"

芦白花停住脚步微微喘了口气，轻掠耳边碎发，道："从远走洛阳那天起，我已退出江湖。我投身的是更神圣、更伟大、更能实现人生价值的事业。因此我依然保持昂扬斗志，还有随时准备为革命牺牲的决心！”

“我尊重你的选择，不过……”左侯一屁股坐到雪地里，“我撑不住了！”

“要不要我背？”她似笑非笑。

见到熟悉而亲切的娇媚笑容，他心中一荡，道：“我很重的，你吃得消？”

“你说呢？”她笑得更明媚。

说说笑笑间，他们不知不觉又翻越了两道山梁。

“你……你不会要爬到山顶吧？”左侯气喘吁吁问，“那还不得冻僵？肯定有去无回。”

“快到了。”

芦白花燃起火把，在山腰一大片石林里寻觅。左侯莫名其妙地站在她身后，拢起衣领问：“找什么？”

她没工夫理会，蹲在地面一寸寸搜索。山野寒风咆哮，左侯蜷在两块石头间，断断续续道：“白花，我快被吹成肉干了……”

“有了！”

芦白花欢呼一声，从背包里取出小巧精致的洛阳铲，用力凿斫已经结冰的冻土。左侯见状跑过去帮忙，两人乒乒乓乓好一会儿，终于挖出个满是血渍的小布包！

第七章

“看看吧，或许你会明白些事情。”芦白花静静地说。

打开小布包，只见里面有块黑布、一双手套和一柄匕首，刀口、刀背都沾着鲜血。

左侯猛地抬头：“这是杀害岳庭的凶手留下的！”

“对。”

“当时……你就在旁边？”

“我上山时凶手正好下山，差点儿撞到一块儿……”

“等等，你为何上山？”

火把红光下，芦白花的眼睛亮晶晶的格外动人，“你还没想明白？青罡台正面防御无隙可乘，只能从背后想办法。所谓千仞绝壁插翅难飞那是自我陶醉，只要一个合理的支点和一根足够长的登山索就能解决问题。我这样想，凶手也是。”

左侯懊恼地拍打额头，“我的确被迷惑了，难怪岳庭往楼梯方向走，凶手是援索而下从楼梯间窗户翻进去的！”

“凶手一身黑衣快速飞奔而下，走到石林附近时停住并钻了进去。我悄悄跟过去偷窥，见凶手解下蒙面黑布和手套，连同手里握的匕首，一起装入小布袋，然后就地掩埋……”

“他长什么模样？”左侯紧张地问。

“凶手背对着我，没看到长相。”

“当时没截住他？”

“凶手杀气很盛，从奔跑姿势和动作看身手非凡，我估计不是他的对手，就没敢冒险。后来我一路跟踪到阮植村，他似乎对地形非常熟悉，三转两转就不见了。”

“凶手身上是否带着曜变天目盏？”

芦白花沉吟道：“这是我想不明白的地方。曜变天目盏跟青铜器、玉器不同，非常容易碰损，更别说上下攀爬。凶手肯定是连同锦盒一起偷走……”

“是，共有三重包装，里面还填充丝絮、棉花等物。”

“那么大的锦盒背在身上应该很明显，可凶手下山时我看得很清楚，身上根本没有。”

左侯想了想，道：“难道凶手为安全起见，将曜变天目盏藏在了山顶？”

“情报与凶器分离，这是日本特高课的标准手法。”

“闹了半天，你还想拉我去山顶？”

芦白花微微一笑，“曜变天目盏在手，便增加了我跟徐绍峰谈判的筹码，同时还能推动案情进展，一举数得，何乐而不为？”

“你不会把它高价卖给日本人，换你们急需的物资吧？”左侯说出心中疑虑。

“不，此次它将发挥更重要的作用。”芦白花收敛笑容，“我们想通过交易救出开封郊外监牢里的二十多位战友，万一落到日本人手里，他们的处境会更糟糕。”

“释放共党分子……徐绍峰凭什么答应？”

“我还有一份绝密情报，日本人打算对青罡台……”

话刚说了一半，芦白花突然心生警兆，用力在左侯肩头一撞。“砰”，清脆的枪声打破了山间沉寂，子弹几乎擦着左侯的咽喉射到石头上，溅起大片石屑。

“快跑！”芦白花喝道，“凶手来了！”

左侯飞快地将小布袋揣入怀中，和芦白花利用石林犬牙丛生的特殊地形游走闪避。凶手并不急于开枪，很有耐心地尾随其后。

石林区域并不大，跑到尽头便是一览无余的山坡，根本无处藏身。

左侯多年前游览过白云山，也意识到这一点，赶紧问道：“有没有枪？”

“有，要等关键时候用。”

“现在还不关键？”

芦白花边跑边说：“你以为山下听不到枪声？”

左侯心中一凛。

“乱花战术！”她突然轻轻说出四个字，左侯眼睛一亮，点了点头。

一前一后，凶手将两人逼到石林边缘。由于顾忌两人有枪，凶手不敢过于冒进，谨慎而小心地向前移动，双手执枪随时准备射击。

十米、九米、八米……

双方距离越来越近，凶手紧握手枪，全身肌肉绷至极限。

蓦地左侯和芦白花一齐挥臂，同时扔出一只大雪球！

两只雪球在空中划了两道抛物线，飞到凶手头顶时撞到一起，“嘭”的一声，碎雪四溅，撒了凶手一头一脸。

瞬间两人箭一般蹿出去，迅疾无比冲过左侧平坦山坡，等凶手恼怒地拂去脸上雪时，两人已翻到山坡另一侧。

凶手霎时得出两个结论：一是两人没有枪，否则刚才是最佳反击机会；二是两人很难对付，今夜必须将他俩拿下！

想到这里凶手不再遮遮掩掩，单手持枪大步追了上去。

越往高处积雪越厚，山腰往上雪已淹过膝盖，三个人不是跑，而是在雪地里艰苦地跋涉。

突然间左侯一个踉跄倒下去，芦白花急忙过去拉他。凶手立即迈了两大步，举枪要射——

“砰”，芦白花半蹲在地开了一枪，可惜气温过低，她的手指已麻木得快失去知觉，子弹不知飞到哪儿去了。

“唉！”左侯惋惜地叹了口气。

芦白花瞪眼道：“你枪法好你来！”

这一枪令凶手惊吓不小，意识到这块骨头很难啃，开始萌生退意。就在这时，不远处传来杂乱的脚步声和吆喝声，原来巡逻队听到枪声，迅速集结了上百人包抄过来。

对凶手而言，真是“前有堵截后有追兵”，陷入进退两难的境地。

不过对于左侯和芦白花来说，保安队的出现也不是好消息，尤其芦白花因为特殊而敏感的身份，绝对不能落到保安队手里。

混乱中凶手已与保安队短兵相接。

凶手枪法精湛，几个点射便撂倒三个，逼得保安队士兵全部趴到雪地上，以密集的射击掩护匍匐前进。

“跟我上山，”芦白花急促地说，“我会找到援索而下的地点。”

见她身后鼓鼓囊囊的背包，显然早有防范。左侯伸手摸了摸她俏丽娇艳的脸庞，缓缓道：“你有准备，凶手也是，留给我们的时间并不多，要想两个人都全身而退非常困难……把枪给我，我帮你顶一阵。”

“不行！徐绍峰和伊宫承都不可能放过你。今夜，我不该叫你来的！”芦白花泪汪汪道。

左侯笑道：“傻瓜。我很享受两人并肩作战的感觉，好像重新爱过一回似的……事不宜迟，快走！我跟此案无关，而且有这个小布袋作为战利品，他们不会拿我怎样。”

说罢他强行将手枪抢过来。芦白花深深瞅了他一眼，突然搂着他重重吻了又吻，然后便转身踽行上山。

接下来战局如左侯所料，凶手精准的枪法震慑住了保安队，得以从容拐到右侧一条隐蔽的小路，倏尔消失在茫茫雪海之中。

保安队不敢贸然追击，继而将左侯围困在中间。

“兄弟们住手，我是侦缉队左顾问！”左侯大叫道，“我在山上查案的，伊宫局长可以为我作证！”

保安队士兵们狐疑地嘀咕了一阵，命令他扔出手枪，然后一拥而上将他紧紧绑起来押解到村公所。

天亮后徐绍峰和伊宫承接到消息，第一时间审讯左侯。

“凶手是谁？”伊宫承边解开小布袋看里面的物件边问。

“不知道，但此人枪法精湛，应该受过专业而特殊的训练，我怀疑是日本特高课一系的。”

“那么，你深更半夜跑到山上干吗？为何不通知侦缉队独自行动？”伊宫承问出了徐绍峰的疑问。

“我想到昨天保安队和侦缉队大张旗鼓的行动使凶手感到压力，担心搜查行动会蔓延到山上，因此夜里回去转移销毁罪证。”左侯道，“不过这仅仅是我个人推断，天寒地冻的，不方便辛苦大家，便一个人上去了……”

“手枪从哪来的？”伊宫承继续问，“勃朗宁1911是女式手枪，保安队和侦缉队可都没这种武器。”

“小布袋里的。”左侯早就想好说辞。

伊宫承显然不信，“现场发现共有三个人的脚印，你，凶手，还有一位是谁？”

“不知道，我一直被凶手追杀，无暇顾及其他。”

按理问到这儿已基本搞清事实，接下来的重点是分析凶手身份，并在阮植村特别是帐篷区展开严密搜查。

然而意外发生了。

徐绍峰来到左侯面前，盯着他看了好一会儿，道：“你可认识我？”

“大名鼎鼎的保安队徐司令，中原地区谁不认识？”左侯强笑道，心里腾起不祥的预感。

“是吗？”徐绍峰冷不防掏出手枪顶在左侯额头，咆哮道，“敢把老子当羊牯，中原你是第一个，也将是最后一个！”

伊宫承大惊，连忙起身道：“司令息怒，有话好话，有话好话。左侯，你什么时候开罪了徐司令，还不赶紧赔罪？！”

他说着连使眼色，希望左侯讲几句软话糊弄过去。左侯却知那桩钓鱼事件不单是钱的问题，而是让徐绍峰丢了脸面，光说好话根本没用。

“徐司令误会了，”左侯稳当当道，“如果徐司令指的是当年席镇那件事，我也被人当枪使唤了一回，有苦没处说呢。”

“谁使唤的你？”徐绍峰喝道。

“袖影魔光手芦白花。”

“圈里谁不知道你俩一伙的！”

徐绍峰手指扣向扳机，伊宫承叫道“司令息怒”，想上前阻止，却被两名卫兵夹住，两柄手枪顶在了他太阳穴上。

第八章

左侯道:“她是共党分子,怎会跟左某一伙?她前段时间为窃取国宝古玩,还两次绑架左某,伊宫局长可以作证。”

“可有此事?”徐绍峰厉声问。

伊宫承郑重道:“洛阳警察局档案卷宗里有明确记载,随时备司令检查!”

徐绍峰脸色略有缓和,枪口仍指着左侯,道:“今天且放你一马,我日后要是发现你撒谎,连同伊宫局长一块儿查办!”

“左某决无谎言!”左侯说谎比喝水还自然。

徐绍峰哼了一声,收枪大步离开审讯室。等屋里只剩下伊宫承和左侯后,左侯叹道:“麻烦局座替我松绑吧,四肢快失去知觉了。”

伊宫承笔直地坐在桌前纹丝不动,两眼定定地看着他。

“好吧,我承认不该把局座拖下了水,日后当尽犬马之劳,行不?”

伊宫承这才开口道:“你骗得了他,骗不了我。”

“骗……骗什么?”左侯早就知道伊宫承这一关更难过。

尽管伊宫承在徐绍峰面前全力帮自己,但那是为了维护洛阳警局和侦缉队的声誉。在芦白花的问题上,伊宫承决不会徇私情。

“你深更半夜上山是为了跟芦白花见面，结果遭遇不明枪手。”伊宫承道，“之所以称那个人是不明枪手而非凶手，是因为目前为止不能排除芦白花的作案嫌疑。当然，她肯定在你面前花言巧语，你也肯定相信了她。但从芦白花历次作案手法看，我认为凶手就是她！”

左侯反驳道：“世上哪有这么笨的凶手，主动把作案工具献给警察？”

“这正是她的高明之处！凭黑布、手套和匕首根本无法指控任何人，因为上面的指纹早就抹得干干净净，对不对？她要真是清白的，应该把曜变天目盏交出来。”

“她想跟徐绍峰做一笔交易……”

话一出口左侯就知道失言，果然伊宫承“腾”地起身，像徐绍峰那样拿手枪抵住他前额，满脸严肃地说：“还是被我诈出来了！昨天上午你掩护的就是芦白花，山上第三个脚印也是她的，你俩串通一气就为了曜变天目盏！”

“我比窦娥还冤啊！”左侯叫道，“我连青罡台都没去过，芦白花也是昨天上午偶遇的，怎会串通一气？”

“那就是芦白花干的！”

“没有！以她的行事风格倘若得手早就带着宝贝离开了，还用躲在阮植村？她打算跟徐绍峰达成秘密协议。”

伊宫承轻蔑地说道：“纯属胡扯！她能拿什么东西跟一省保安司令谈判？”

“据说是一个绝密情报……”

伊宫承还是不信，在审讯室来回踱了几步，道：“我问你，昨夜芦白花往哪个方向逃跑的？”

“山上。”

“白云山只有一条道儿，她不怕被保安队堵在山顶？”

“她带了登山索……”

“这不就是证据嘛！”伊宫承道，“那天夜里正是她援索而下，潜入青罡台后楼杀掉岳庭，偷走曜变天目盏！我告诉你，左侯，别以为我不懂，登山索的使用具有很高的技巧性，非短时间能练成，我看不出除了芦白花还有谁能娴熟掌握。”

左侯叹道：“这是日本特高课必修的训练项目好不好？”

“总之你的话破绽百出，不能获得我的信任，我决定在抓捕到芦白花之前对你采取拘禁措施！”

伊宫承说罢便往外走，左侯急了，叫道：“局座，我保证两天内抓到真正的凶手！”

“拿什么保证？”伊宫承目光炯炯地看着他。

“我收藏室的全部家当！”左侯心一横道，“倘若不能如期抓到，局座有权予以没收！”

“成交！”伊宫承亲自给他松绑，道：“两天内侦缉队不会干预你的行动，而且会给你提供必要支持。”

左侯站起身活动筋骨，转动脖子，道：“我要做的第一桩事是，搜查两位日本医生住处！”

“这个……”伊宫承犹豫半晌，道，“最好征求一下应会长的意见。”

五分钟后，他们来到了应茹梅办公室。

“不行，绝对不行！”她拍案而起，“人家发扬国际主义精神，千里迢迢到中国救死扶伤，却不奢求任何回报。你们倒好，查不到真凶就胡乱怀疑。要是医疗队有十位、二十位日本医生，是不是都在嫌疑范围？”

向来态度强硬的伊宫承仿佛哑了火，面无表情，站在原地一动不动。

左侯只得赔笑解释道：“昨天整个村子和帐篷区都搜查了，今天的重点是医疗队成员住处，所有房间都得搜查，一视同仁，不存在针对性。”

“那也不行，我担保医疗队成员没问题，出了事拿我是问！”应茹梅慷慨激昂地说道，“你们真要搜查，除非从我身上踏过去！”

“例行公事而已，何必……”

左侯还想争辩，伊宫承将他拖出去，低声道：“算了，人家是徐司令儿媳，不看僧面看佛面。”

“局座也有假公济私的时候啊。”左侯又将矛头指向伊宫承，“说说看当年到底发生了什么？”

伊宫承板着脸道：“赶紧查案，时限一到没收所有藏品，别指望我大发慈悲！”

两人在帐篷区转了一圈，大竹纯子一直泡在重伤病区忙个不停，藤泽朋大清早就进了手术帐篷，三小时里已经做了两台手术。村子那边，陈副官亲自率队逐户搜查，徐绍峰则坐镇村公所等待消息。此外，今天火车恢复运行，预计中午前后将有数百名伤病员被送达，还会有一百多名已控制住伤势的士兵转移到后方，保安队紧急调兵遣将打算加强上下车检查。

上午八点，王探员从青罡台赶到阮植村，带来昨天审讯结果：经排查，后院巡逻队和一楼卫兵均严格执行值守流程，履行了值守职责，可排除嫌疑；关于案发当夜三楼值班，他们提供了一个令人非常意外的情报——

根据值班安排，岳庭本该第二天上午在后院巡逻，但他私下与战友调换值夜班，说第二天要赶回阮植村相亲。相亲关系到终身大事，战友当然支持，因此跟警卫排长说了一下便调换了。

说到这里，伊宫承皱眉道：“换班是小事，在警卫排长那儿备案就行。但离开青罡台回阮植村却要办理严格请假手续，警卫排长做不了主。岳庭刚到青罡台已请过探亲假，凭什么再请假？”

“据岳庭说相亲对象是医疗队护士，做媒的则是应会长，有这张招牌，警卫连长当然准假。”王探员道。

伊宫承呆住，左侯立即转身冲向村公所，边跑边叫道：“有猫腻，必须抓住她问清楚！”

应茹梅不在办公室，秘书说她可能去帐篷区看望伤病员了。密密麻麻几十顶帐篷，仓促间怎么找到她？

左侯大脑高速运转，瞬间做出一个判断，往白云山方向飞奔。伊宫承若有所悟，吩咐探员们到帐篷区分头寻找，一旦发现就控制起来！

伊宫承紧追不舍，很快与左侯并肩而行。

“你怀疑什么？”

左侯边跑边说：“火车恢复运行和第二轮搜查都是昨晚才决定的？”

“对。”

“局座虽然知道，但没向任何人泄露？”

“保守秘密是军统最基本的素质。”

“很明显应茹梅知道了。”

伊宫承想了想，道：“身为红十字会会长，要做好接收伤病员、物资调配等大量事务，提前向公公打听也在情理之中。”

“因此昨夜凶手上山，目的并非销毁小布袋，而是取回藏匿在山上的曜变天目盏！”

“你怀疑她是凶手？！”伊宫承紧紧抓住左侯肩膀，怒道，“不可能，绝对不可能！”

“瞧局座急得汗都出来了。”左侯悠悠道，“我没说她是凶手，她没那么好的身手，枪法也不可能那么精湛，但这桩案子和她脱不了干系。”

“我看不出她哪儿不对劲！”

左侯想说什么，话到嘴边又刹住，道：“上去瞧瞧，或许我猜错了。”

“错得离谱！”伊宫承气呼呼地说。

左侯笑笑也不争辩，两人默不作声地经过昨夜激战的石林和山梁，再往上爬了数里路。尽管寒风凛冽，伊宫承还是热得敞开军大衣，左侯夜里几乎没合眼，这会儿累得上气不接下气。

“也许她压根没上山。”伊宫承道。

“还有三百米就到顶了，就算应茹梅没来，我陪局座登顶鸟瞰雪景不可以吗？毕竟押上全部身家的是我，对不对？”

伊宫承正要反讥，却听呼啸而来的山风里隐约传来说话声，当即脸色一整，掏出枪小心翼翼潜行。

又走了几十米，他们看到在东南一处隐蔽的山坳里，两个人正举着枪紧张地对峙，赫然是应茹梅和芦白花！

应茹梅背包里鼓鼓囊囊，轮廓呈方形，一看便知里面装着被盗的曜变天目盏。

左侯压低声音道：“糟糕，局座的女朋友跟我的女朋友打起来了！”

伊宫承狠狠瞪他一眼，“都什么时候了，还有心思说笑！”

第九章

山坳里，芦白花道：“你这样子下山逃不过检查，哪怕会长身份也不行，你信不信？”

“我有本事拿到手，就有本事带出去，至于怎么带不关你事！”应茹梅道。

芦白花道：“我知道你打算把它卖给日本人换钱。谈到钱，我也缺很多，但中国人要有骨气和底线，卖给谁都可以，就是不能给日本人！”

“为了在血泊中挣扎的同胞兄弟，我宁愿违背自己的良心！”应茹梅露出悲壮的神色，“你到底让不让？事情已到这一步，我不可能退缩，哪怕跟你同归于尽！”

芦白花显然没料到对方虽是官太太却如此硬气，略有犹豫。蓦地“砰砰”两声枪响，两颗子弹分别打在两人脚前，紧接着伊宫承从乱石堆里跳出来，手各持一把手枪分别对准两人，喝道：“不准动，把枪放下！”

应茹梅大惊，惊慌失措地将枪口移向伊宫承。只听得“砰”的一声，伊宫承开枪将她的手枪打落在地！

芦白花被他的枪法慑住了，乖乖将枪扔到地上。她明白，伊宫承对付共党分子绝不可能这么客气。

左侯从另一侧现身，毫不客气地解下应茹梅的背包，打开锦盒，里面果然是美轮美奂、妖艳不可方物的曜变天目盏！

伊宫承暗自长叹，看着应茹梅问："谁杀了岳庭？"

应茹梅先是懊恼颓丧到极点，听他一问，陡地悲从心来，一屁股坐到雪地里，双手捂脸号啕大哭。

伊宫承一呆，却拿她没办法，瞪着芦白花道："你说，你要跟徐绍峰谈什么交易？数到三不说实话，叫你血溅当场！"

见他杀气腾腾，随时有可能开枪的模样，芦白花知他满肚子火气都发泄到自己身上，只得道："一个情报……目前来看没什么用了，反正徐绍峰一直待在阮植村……"

"快交代情报内容，我的耐心有限！"

"日本人准备对青罡台发动空袭……"

"这算什么秘密，包括阮植村在内都是日本人的轰炸目标。"伊宫承狐疑道，"还有呢？"

"没了……"芦白花叹息道。

左侯却跳了起来："不好，我们必须立即下山！"

"干吗？"伊宫承指着芦白花道，"再急也得把她绑回去！"

"来不及了……"

左侯不等他有所表示，径直抱着背包往山下狂奔。伊宫承见左侯焦急的模样不似作伪，冲两个女人打量片刻，捡起地上她们的两把手枪后快步追了上去。

村公所内，徐绍峰欣喜若狂地捧着失而复得的宝贝，目光黏在茶盏上，一刻都舍不得移开。趁他高兴，伊宫承凑到他耳边悄声道："还有桩密报想单呈徐司令……”

徐绍峰会意，挥手让两名卫兵出去，左侯随即反锁好门。

伊宫承问道：“徐司令，案发当天到青罡台的国军将领是谁？”

“唔，是……”徐绍峰把玩着曜变天目盏，忽然反应过来，诧异地抬头反问，“这是军事机密，你打听这个干吗？”

伊宫承抑制不住焦躁情绪，一咬牙拔枪抵住徐绍峰太阳穴，喝道：“快说！”

“杀了我，你俩也跑不掉！”徐绍峰到底是职业军人，关键时候沉得住气。

左侯道：“事情已经败露，你现在老实交代还有挽回余地，否则全家都将受你拖累。到时活泼可爱的童童没人照料，珍贵收藏也将流入他人之手！”

“顺便说一句，密谋偷曜变天目盏的就是你的儿媳，倘若你肯出面承担罪名，便能保她平安，避免母子分离。”伊宫承冷冷道。

徐绍峰脸上肌肉抽搐，内心挣扎交战，过了良久颓然低语道：“是……汤司令……”

伊宫承震惊万分，旋即扔下徐绍峰冲出去，对守在外面的探员们嚷道：“快打电话、发电报，通知汤司令火速撤离青罡台！”

十多分钟后，六架轰炸机从阮植村上空掠过，不一会儿青罡台那边传来巨大的爆炸声，站在村口高处看去，青罡台一片火海，浓烟滚滚。

阮植村以及帐篷区所有人都被紧急疏散，隐蔽到白云山山脚深处，直到日机大摇大摆地返航后，又等了两三个小时才折回原处。

伤病员们重新涌到急救区帐篷外时，十多名探员悄然混入其中，呈扇形包抄过去。正埋头工作的大竹纯子似乎预感到什么，猛地站起身往帐篷外跑，只跑了两步便被扑倒在地，吴探员随即给她铐上手铐，迅速带离帐篷区。

下午两辆吉普车驶入阮植村，几名军官带走了徐绍峰，整个过程非常顺利，没有遭到保安队阻挠，因为徐绍峰已提前放风说自愿接受军事法庭审判。临行前军官们私下告诉伊宫承：汤恩伯及时撤离青罡台，目前安然无恙！

村公所审讯室，大竹纯子拒不认罪，反复强调自己挽救了数百名中国士兵的生命，应当受到尊重和礼遇。由于中午徐绍峰已安排保安队护送应茹梅离开，无人出面指证，审讯陷入胶着。

左侯美美睡了一觉，一步三摇来到审讯室，劈头道："大竹医生，你知道你是什么时候露出破绽的吗？"

"我听不懂你的话。"大竹纯子强作镇定道。

"记得刚见面时我问的第一个问题吗，我问你是否'听说过曜变天目盏'，你的第一反应是……"

"我说'对古玩不感兴趣'，这个回答没错！"大竹纯子清楚记得对话内容。

左侯笑道："回答本身是没错，可大竹医生忘了一点，曜变天目盏是相对冷僻和小众的孤品，即使古玩圈里的人都未必知道，因此正确反应应该是像藤泽医生所表现的那样茫然不解，而不是直接联想到古玩，大竹医生觉得呢？"

她兀自顽抗，"曜变天目盏是日本国宝，身为日本人当然早有耳闻。"

"纠正一个常识错误，曜变天目盏是中国国宝，只是后来流散到日本而已。"左侯道，"至于破绽，其实还有不少，例如今早我要求搜查你的住处，应会长坚决不允，她清楚经过雪地枪战和跋涉，你的衣服、鞋子又脏又湿，一查就露馅；还有你用的手枪……”

“我只是按应会长的要求做了些事，具体情况你们找她，跟我没关系！”大竹纯子见没法抵赖，索性将责任都推给应茹梅。

“这正是我要说的。”左侯拿了张椅子坐下，道，“你利用应茹梅设置了一个完美的圈套，直到最后一刻她还蒙在鼓里，以为你所做的一切都是为了救死扶伤。不愧是特高课精英，佩服啊佩服……”

包括吴探员等人在内都不清楚真相，他们连同仍抱着侥幸心理的大竹纯子静静听左侯述说起了案子的来龙去脉。

瓦子窑攻防大战打响后，国军伤亡异常惨重，源源不断地运抵阮植村的伤病员规模远超预料，中原战区调配的药品、粮食、棉衣等物资很快消耗殆尽，尽管红十字会尽力补充也跟不上需要。

负责阮植村救助和医疗的应茹梅多次找到徐绍峰，徐绍峰表示爱莫能助。从战区到保安队必须首先保证前线军需供应，伤病员们只能自求多福。

应茹梅和大竹纯子聊天时透露了自己的苦恼，大竹纯子暗示徐绍峰收藏有日本人视若国宝的曜变天目盏，倘若偷出来能卖出天价，供应两三个阮植村这样规模的医疗救助都没问题。

应茹梅心动了。在她看来与其把冷冰冰的曜变天目盏锁在柜子里，还不如用到更有价值的地方，便和大竹纯子策划偷盗。

前楼戒备森严，必须从山腰援索而下，翻越后楼窗户进入。但三楼有经验丰富的卫兵把守，且装有触手可及的警铃，不宜强攻。

应茹梅想到了岳庭。她表示支持他退役，并悄悄给了笔钱，岳庭想着偷宝贝为了救治伤病员，也欣然应允。他那次回家探亲，就是伺机与应茹梅、大竹纯子会合，敲定行动细节。

那天夜里，大竹纯子如约援索进入三楼，本该撬锁偷取曜变天目盏，她却先将岳庭骗到楼梯口猝然下手，将他当场杀害！

大竹纯子杀人是为了在三楼得手后方便她悄悄潜入童童卧室，在墙壁上画下曜变天目盏的图案。

从一开始，她就没打算拿曜变天目盏换取什么医疗物资！

她的真正用意是一石二鸟：一方面将唯一保存在中国的曜变天目盏运到日本；另一方面配合军方轰炸青罡台，炸死即将前来坐镇指挥的国军第一战区副司令长官兼鲁苏皖豫边区总司令汤恩伯！

汤恩伯之前由于在豫南会战中重创日军，被华东日军视为头号大敌。此次特高课提前刺探到汤恩伯亲临青罡台指挥的情报，磨刀霍霍，打算一举将他除掉。潜伏已久的大竹纯子收到密令后，便利用应茹梅制定了这个圈套。

这个密谋被共产党地下组织获悉，芦白花误以为这仅仅针对徐绍峰，便想单独前来谈判，不料撞到大竹纯子杀人盗宝后下山。为查明真相，她也暂时栖身阮植村。

案发第二天徐绍峰便接到电话，以曜变天目盏和童童的性命相威胁，要求他将汤恩伯安置在青罡台三号别墅，并及时告知汤恩伯的行踪。

徐绍峰可以舍弃曜变天目盏，却不想四代单传的孙子死于非命，遂违心接受对方条件。

为避免被空袭波及，徐绍峰以查案为由躲到阮植村，将童童送到洛阳城。大雪封路，汤恩伯连续数日逗留在青罡台，正好给日机轰炸的机会。

另外，应茹梅虽吃惊岳庭惨死，但大竹纯子解释为岳庭见财起意，自己不得不杀人自保，应茹梅因而并未生疑。

随着保安队和侦缉队相继进驻，应茹梅担心夜长梦多，让大竹纯子赶紧上山取出曜变天目盏，等火车恢复运行后设法转移，不料当夜巧遇左侯和芦白花，引发了后来一系列事件。

事情到了这地步，大竹纯子已不在意曜变天目盏，只想着日机赶紧轰炸青罡台，故而假装忙得不可开交。应茹梅却念念不忘拿曜变天目盏换医疗物资，不惜只身犯险上山，结果被早已守候在那的芦白花撞个正着……

听左侯说到这里，大竹纯子自知难逃厄运，恨恨道："如果大日本空军早点动手，汤恩伯肯定被炸得粉身碎骨，只可惜天公不作美，连下两天雪，哼！"

左侯肃容道："这一点你说对了，天佑中华，在中国的地盘上，日本人永远讨不到便宜！"

尾声

“局座，曜变天目盏呈给戴老板了？”

“嗯。”

“应茹梅带着孩子离开中原了？”

“嗯。”

“于公于私都如愿以偿，局座为什么不开心？”

站在窗前的伊宫承转回身体，道：“想知道原因？”

“嗯。”

“第一，这次又让芦白花跑了……”

“我反对。”左侯举手道，“若非她从中搅局，汤恩伯恐怕会被炸得尸骨无存，应该记她一功才对。”

“所以明知你护送她上火车，我没派人抓捕，算是网开一面，下不为例！”伊宫承紧绷着脸说，“第二，国家兴亡匹夫有责，应茹梅一个弱女子尚能想到偷家里的宝贝换医疗物资，徐绍峰身为省保安队副司令却无动于衷。党国啊国军啊，焉能不一败再败？再想到有多少党国军政大员都是徐绍峰这副德行，听着前方隆隆炮声，我真有不祥的预感。”

“所以……”

“所以奉劝你赶紧收拾细软，能跑多远跑多远！”

“真的？”

“真的。”伊宫承想想又补充道，“还是那句老话，不该带的不准带，《月下绛妃图》必须留下！”

“又来了……”左侯无奈叹道。

捐金沉珠

楔子

华北战事越发紧张。

作为最靠近前沿阵地的洛阳，反而被严密封锁消息，人们只能从广播里听到“大捷”“喜报”等振奋人心的消息。然而隔三岔五飞抵上空轰炸的日机，以及城内城外不断增多的伤病员，似乎在暗示真相不是那么回事。

治安压力如山，保安队、宪兵队和巡警等都穷于应付，警察局副局长兼侦缉队长伊宫承不得不亲自率领大批探员到街头维护秩序，喊破了嗓子操碎了心。

“寸有所长，尺有所短，局座天生适合抓间谍、侦查刑事案件，在街头跟那些婆婆妈妈打交道辛苦却无效率。”

伊宫承喘着粗气回办公室喝茶时，左侯躺在沙发上边呷饮咖啡边悠悠地说。

“国难当头人人有责，不主动帮忙还说风凉话！”伊宫承怒道，“给我到大街上值勤去！”

“别别别，我这英俊小生模样往那儿一站容易引起交通堵塞。”

“还装起来了！走，我倒要看看堵成啥样！”伊宫承命令道。左侯正绞尽脑汁想借口推托，吴探员敲门进来，说城西郊外落马河边发现一具尸体，双手死死抱着一尊瓷瓶，怎么都掰不开。

伊宫承立即戴上警帽，系好佩枪，命令道：“召集几个弟兄去现场，还有你——左侯，今天放你一马，一块儿去！”

落马河是条支流，河面宽十多米，山地落差大水流湍急，河道两边错落分布着低矮的茅草房，大都为附近村民和前方逃难者所住。这一带不通水电，卫生条件相当糟糕，到处弥漫着恶臭气味。

吴探员介绍说尸体是中午发现的，已在水里泡了十多个小时，这种情况下瓷瓶还未脱手且被打捞者掰了半天都没松开，实在罕见。

战乱期间人命贱如狗，日机每次轰炸都有伤亡，加之前线下来的重伤员或因伤势较重，或因药品供应跟不上，死亡不足为奇。

这具尸体打捞上来后，群众之所以报警，一是因为死抱着瓷瓶很邪乎，让人不由得怀疑有问题；二是随着战事吃紧，洛阳城北面、东面已划为军事管制区，南面通向大后方盘查严苛，只剩下城西郊能自由通行，打这儿通过者鱼龙混杂，包括日本特高课、洛阳附近的山匪、逃犯等，隔三岔五就会爆发枪战、殴斗，是警察局关注的重点地区，伊宫承要求每案必报、有报必查。

左侯捏着鼻子凑上前打量尸体，见死者秃顶、塌鼻梁、皮肤黝黑粗糙，脱口道：“是他？！”

“你认识？”伊宫承问。

左侯蹲下去摸了摸瓶口瓶底，再伸入瓶内摩挲片刻，脸色凝重道：“认识，可是……按说他不应该抱这尊瓷瓶，也不应该这般死法！”

伊宫承诧异道：“那应该怎么死？世间哪个能预测自己死的方式？”

左侯连连摇头，站起身道：“这么说吧，他是洛阳收藏界最有名的羊牯，没有之一，所有古玩方面的骗招、损招和诡计，他一律照单全收。”

“那么……”

“可这尊瓷瓶居然是真品乾隆粉地洋彩福禄齐天瓶，价值……不菲，局座不觉得奇怪吗？”

伊宫承耸耸肩，“奇怪什么？很正常啊。”

“那是局座不了解他，像他这样的羊牯，根本没机会接触到这等古玩精品！他的死肯定有蹊跷。”左侯断言道。

第一章

十年前提到大茶商靳浓，洛阳城无人不知。

靳浓在南京、镇江、无锡、扬州等地拥有十多处茶庄，又在高淳、句容等产茶地有数千亩茶园。洛阳人形象的说法是“靳山银山”，他积累的财富几辈子都用不完。

靳浓不赌博，不好女色，不抽鸦片，有钱人那些恶习一样不沾，唯一爱好就是收藏古玩。按说这是雅趣，不仅能陶冶情操、丰富历史知识，了解历朝历代掌故，还有分散投资、预期升值空间的作用，打开始起靳家其他人都表示支持。

茶叶生意太顺利使靳浓养成了不容置疑的自信，只要认定的事便听不得反对意见，一意孤行到了蛮横的地步。这个脾气做茶叶生意还好使，毕竟几十年丰富经验以及茶圈里广泛的人脉资源，再错也不至于离谱。

但收藏古玩不同。

自唐宋起就有造假之风，至清代连皇帝都参与其中，最典型的就是瓷器，素来有康仿成化雍仿宣之说。皇帝如此，民间仿制更是猖獗，以至于清代著名收藏家、诗人袁枚曾叹道：余尝收藏多年，真品不过十之三四矣。袁大才子出身名门世家，可谓见多识广，他的藏品过半都是赝品，其造假工艺之高明可想而知。

专家如此，以靳浓粗浅的业余水平下场可想而知，况且他那又臭又硬的倔脾气，是标准的“羊牯级”低手。

他收藏的东西可谓千奇百怪：夏桀与妹喜使用过的青铜三足环蛇杯、孔子教书用的惊堂木、诸葛亮亲手制作的孔明灯、西门庆最喜欢的香粉桃花扇、张飞使过的丈八蛇矛枪……

靳家请了很多业内专家劝解，靳浓依然执迷不悟，坚信自己是对的，认为别人反对是出于眼红嫉妒，或者压根不懂古玩精髓所在。然后他的一家家茶庄被变卖，接着是茶园，最后占地几十亩、亭台楼阁俱全的靳府也沦入他人之手。

家人见势不妙，索性变卖家产作鸟兽散，只剩靳浓辗转租居城郊民房，守着一大堆自认为宝贝的赝品。

“收藏圈分三六九等，靳浓属于羊牯级藏家，上门兜售的古玩贩子全是信口开河，张嘴便讲故事，东西没一件真的，反正靳浓的眼力根本看不出真假——当然，以他现在的状况也买不起真品。所以，我敢在局座面前打包票，靳浓的死绝对有问题！”左侯道。

伊宫承没理他，沿着河道边走边看，踱了一大圈后问：“基本情况怎样？”

吴探员有条不紊地说：“尸检结果初步认定为溺水身亡，死者身上无伤痕但有扭斗痕迹，衣服破了七处，瓷瓶却没有破损。死者已证明是靳浓，住在离这儿两里地的上游村庄，租的是三间破旧民宅，其中两间堆放收藏的古玩。附近村民说靳浓平时早出晚归，独来独往，沉默寡言不与人交谈……”

“早出晚归？他不在家守着宝贝，到处乱跑？”伊宫承问。

“是这样，靳家变卖家产后靳浓没了生活来源，那些所谓宝贝都是假的，根本换不了钱，他便在城郊茶庄谋了个差事，专门负责品鉴和分类茶叶等级，混个糊口。”吴探员道。

伊宫承又问：“昨天有没有人看到他的行踪，或与人发生争执等情况？”

“我们准备待会儿到他所在的芹羽茶庄了解情况，附近村民没有发现异常。”

“唔，”伊宫承淡淡地说道，“很简单的劫财案，不值得浪费时间，老吴辛苦一下留下来善后，其他弟兄跟我回去值勤。”

“还有我，我和老吴一起跟这个案子。”左侯急忙说。

伊宫承不在意地说道：“行，总比成天躺着喝咖啡强，那就这样。”

看着吉普车带着飞扬的尘土远去，吴探员笑道：“真是很无聊的案子，依我看左顾问还不如躺在警局里喝咖啡呢。”

“你这么认为？”左侯问。

“是啊，”吴探员道，“俗话说久病成医，夜路走多了能碰到鬼。虽说靳浓眼力差，或许误打误撞之下发现这尊瓷瓶——哎，你说瓶子值多少钱？”

“七八千大洋！”

“我的天！”吴探员惊叫道，“难怪他临死前抱着不放呢，有这笔钱足以彻底翻身过上好日子，你说能不着急吗？然后双方在河边争夺，凶手见他死死不松手，一怒之下将他推入河中。”

左侯笑笑，道：“换了你，明知瓷瓶值七八千大洋，甘心一推了之？等他死了拿家伙锯手锯胳臂也要把瓷瓶弄到手对不对？走，到他住的地儿看看。”

靳浓租的屋子位于村子西北角，是间低矮简陋的茅草房，个子高的要微微低头才能进中间堂屋。

堂屋摆设更是清苦，一张木架子床，一张缺了条腿的八仙桌，还有个剥落大半面漆的立柜。打开柜门，里面只有些粗布衣服。

“听说他一日三餐都在茶庄吃，家里不开伙，就是个睡觉的地方。”吴探员说。

两侧厢房堆放着古玩，门锁很简单，左侯拿根针轻轻捅了几下便打开了，可见靳浓潜意识里对自己收藏的东西已不自信，并不当作宝贝看待了。

而里面果然有传说中的丈八蛇矛枪和孔明灯。

“满屋贼光啊，想找件真的都难——不，压根没有真品。”左侯感叹道。

吴探员笑着摇头，“收藏到这个份儿上也是极品了。”

懒得在粗鄙不堪的赝品上浪费时间，两人出门走访了邻居，得到的信息与先前了解的差不多：靳浓将自己完全封闭起来，跟左邻右舍连招呼都不打，加之早出晚归，独来独往，村民们对他的情况一无所知。

屋前屋后转着，左侯突然目光一凝，从地上捡了点东西。吴探员过来询问，左侯若无其事地拍拍手说看错了，没什么线索。

紧接着他们来到芹羽茶庄，老板任大寿已听到消息，正急着找人填补靳浓的缺。

“他茶艺品鉴功力深厚，茶商圈子人脉广、地头熟，是我的得力助手。他这一走对茶庄影响很大，短期内恐怕找不到人顶上去。”在商言商，任大寿满脑子为生意发愁，倒没多少悲伤之意。

“靳浓平时在茶庄也琢磨古玩吗？”左侯问。

“大家都知道他就毁在古玩上，心有默契地不提。他呢，成天埋头品茶、分级，隔三岔五帮我进城跑业务……”

吴探员惊讶道：“他经常进城？”

“刚开始磨不开面子，时间久了也就慢慢适应了。城里几家大茶叶商原先都从靳家茶园拿货，如今见了多少总得给些颜面不是？整个城西郊，不管什么茶叶，芹羽茶庄进价都是最低的。”任大寿炫耀道，“对了，他有时也跟着送货，向客户讲解泡茶、贮茶、品茶之道。如此一来，回头客很多，不少人直言不讳就是冲着老靳的学识，我家的生意也逐年上升。”

那是牺牲靳浓的脸面换来的。左侯暗自嗟叹道，又问：“他在茶庄时可有人上门兜售古玩？”

任大寿摇摇头，“跑到茶庄卖古玩，不合规矩。”

任大寿不同于老式商人，他唯利是图，根本不讲人情味，可以想象靳浓跟着他很辛苦。

到此为止，他们没打听到任何与乾隆粉地洋彩福禄齐天瓶有关的线索，更没有获得靳浓溺死的相关信息。

吴探员气馁了。也许伊宫承判断没错，就是一桩普通的、偶发的溺死事件，至于抱着瓷瓶不放——管它呢！世间奇奇怪怪的事太多，大敌当前，哪有工夫细究？

左侯却不放弃，问了最后一个问题：“他送货的那些客户当中，有没有古玩商？”

“有啊。单古玩街就有好几家，城西一带小有名气的收藏家、做古玩的基本都从我这儿拿茶叶。”

吴探员精神大振，让任老板列了个清单。

连续跑了五家，古玩商、藏家们听到靳浓的名字均似笑非笑，表示跟他不是一个档次，不可能谈到一处去，还是探讨茶叶比较靠谱。至于乾隆粉地洋彩福禄齐天瓶，他们都表示没听说洛阳市面出现过，还兴趣盎然地询问警察局是否拍卖。

“大概他真的收手了吧？”吴探员忍不住说。

左侯道："瓷瓶不可能无缘无故地飞到他怀里，肯定有段故事。"

"不过……那个瓶子真是你所说的乾隆粉地洋彩福禄齐天瓶？你确信没看走眼？"

左侯睨了他一眼，"你可以怀疑我的人格、品行，却不能怀疑我的鉴定水平，要知道我从前可是专门给所谓专家、行家下套的！"

他们跑到天黑，案情终于有了一线转机。

"乾隆的？"古玩街一家古玩店主拿着图册想了会儿，道，"四五天前是有人拿只跟这差不多的瓶子来过，我感觉不对，就把那人打发走了。当时靳浓送茶叶正好在场……他懂什么古玩？上亿家产都败光了！"

"记得那人的名字吗？家住哪儿？"吴探员赶紧问。

古玩店主不假思索摇头，"古玩街这边人来人往，外地客居多，哪认识谁是谁？"

左侯索性把那个乾隆粉地洋彩福禄齐天瓶从车里搬到柜台上，"喏，是不是这个？"

"对，对，就是它！"古玩店主指着瓶身道，"仿得不像嘛，一方面绘画采用西洋明暗阴影透视法，纹饰大量应用西洋花草藤蔓纹饰设计构图；另一方面又以渲染白料方式表现枝叶的光影明暗，珐琅彩瓷从来没有这种画法。"

左侯一听就明白，这位店主属于半生不熟的主儿，把粉地洋彩跟珐琅彩搞混淆了。

严格意义讲清代珐琅彩瓷器分两类：一是瓷胎画珐琅，即通常所称的珐琅彩；一是瓷胎洋彩，"圆琢白器，五彩绘画，模仿西洋，故曰洋彩"，其工序是先在景德镇御窑场或宜兴等地烧制器胎，检选品质绝佳者运送入宫，再于"珐琅作"加绘珐琅彩后入炉再次烧成。

这种一器经两地制造的瓷器，可谓空前绝后，唐英去世后景德镇官窑再也烧不出如此精美绝世之作。

一方面，洋彩所用颜料与珐琅相同，没有研究的人很难分辨；另一方面，洋彩瓷器是雍正、乾隆两朝督陶官唐英亲自督造，专门烧制给皇帝欣赏，宫廷也从来不用洋彩瓷器作为赏赐品，几乎全部珍藏于乾清宫、端凝殿与养心殿，仅有极少数陈设于圆明园，坊间难得一见，自然辨不出真伪。

左侯笑笑不多解释，仔细询问那人口音、衣着、相貌后，方和吴探员离开。

第二章

在兵荒马乱的洛阳城想找无名无姓、身份不详的藏家，无异于大海捞针。城内住满了从郑州、开封、邯郸等地逃来的难民以及前线撤下来的伤病员、大后方赶过来的志愿者等，乱糟糟堪比菜场，伊宫承为此愁得整夜睡不着。

吴探员觉得那个藏家就是凶手，理由是：古玩店家没认出乾隆粉地洋福禄齐天彩瓶，前来送茶叶的靳浓却看出来了——久病成医，上当次数多了他也有总结提高。他三言两语诳得藏家同意以极低的价格转让，事后藏家又后悔起来，认为自己被打了眼，找到靳浓家里欲索回瓷瓶。

古玩生意向来是认赌服输，不允许反悔，靳浓断然拒绝。两人从家扭打到河边，靳浓死死抱住瓷瓶不肯放手，藏家恼怒之下心生恶念，将他推入河中……

“我的推断合情合理吧？接下来就是找到那个该死的藏家，把他捉拿归案！”吴探员得意扬扬道。

“不错，到底是伊宫局长手下，考虑问题的思路如出一辙。”左侯笑道。

吴探员倒怔住了，搞不清左侯到底是夸奖还是嘲讽。

“靳浓明知自己捡漏，怎会让藏家知道住哪儿？此其一。”左侯道，“其二，你去过那个破屋子，里面能藏什么东西？靳浓识得瓷瓶的价值，理应尽快转手然后远走高飞，为何捂在家里过夜？其三，在古玩界和收藏界，捡漏非但无须隐瞒，还是件极为光彩的事儿，尤其对戴着‘羊牯’帽子的靳浓来说，反而能引以为豪。藏家上门滋事是无理取闹，靳浓可以理直气壮地大声呼救，甚至报警。”

“左顾问的确……”吴探员想不出合适的词来形容，讪讪笑道。他这才知道向来冷峻严酷、号称眼里揉不下沙子的伊宫承为何屡屡对左侯网开一面。

夜幕降临，灯火管制下的洛阳城黑压压一片，压抑而不安的情绪笼罩在城市上空。

回到住处，左侯拿钥匙打开门，猛地心头一惊。他右手按在腰间匕首上，低喝道：

“谁？！”

“啪”的一声，打火机亮起，照到一张亦喜亦嗔、明艳动人的俏脸，原来竟是芦白花！

“又是你……”

左侯气馁道，顺手反锁好门，疲惫不堪地坐下。

“不欢迎吗？”她微笑地问。

“明明把你送上了往南开的火车，为何还回来？”不知何故左侯火气腾地蹿起，激动地挥舞双手怒道，“国军一败再败，洛阳沦陷是早晚的事，这当儿回来不是送死吗？你若真想死也别死在我面前！”

芦白花脸色不变，静静反问道：“你呢，为什么不走？”

“我……有苦衷……”

“割舍不下唐伯虎的《月下绛妃图》？”

左侯摆摆手，“别扯那么远。说吧，这次有啥任务——简明扼要点，军统一直没放弃对我的监视，被他们发现就糟了。”

“今天警察没收的那尊瓷瓶，设法帮我弄出来。”芦白花直截了当地说。

左侯一愣，道：“它是警方办案的证物，案子没破前动不得，否则很容易被发现。”

“我必须要得到它，”芦白花语气坚定地说，“它对我……我们至关重要！”

“它只是一尊粉地洋彩瓶，市场价顶多八九千大洋，换不了多少物资。”

“跟物资没关系！”

左侯略有些明白了，沉吟片刻问：“你认识死了还抱着瓷瓶的死者？”

“不认识……”

“既然是你们急欲得到的东西，怎会落到他手里？”

芦白花看看窗外，焦急地说：“个中缘由我也不清楚，你别问太细，总之必须帮我搞到瓷瓶！”

“前提是你要帮我把案情理清楚，破案更有利于动手。”左侯好整以暇道。

“我真不认识那个羊牯！”

“你什么都不肯说，我怎么帮？白花，从你重新出现在洛阳城起，我俩之间仿佛有了隔阂，虽然这期间有过亲密……”

芦白花羞得满脸通红，“别说了！”

“然而根本没有交流！明白我的意思吗，白花？”左侯忧伤地说，“我承认我是坏人，但对你始终真心。大概出于任务需要吧，你骗了我一次又一次，我却帮了你一次又一次。我若有半点坏心，你恐怕早落入军统之手，承不承认？”

芦白花低头不语。

“或许是我给伊宫承当助手的缘故，在我面前你口风很紧。其实我脑中从来没有党派之分，国难当头，把日本人赶出中国才是第一要务，其他分歧争执算得了什么？我屡次帮你就出于这个想法。”

“我明白你的心意，谢谢……”

她蹙着眉头看窗外黑漆漆的路面，细细幽幽地说。她那俏皮翘起的鼻子和微微噘起的红唇格外令人怜惜。

左侯忍不住上前在她额头上轻轻吻下去。芦白花先是一惊，然后软软钩住他腰际，脸庞靠在他胸口，眼泪大滴大滴往下掉。

“白花，这几年你很辛苦。”左侯道。

听了他的话，芦白花反而坚强起来，抹掉泪水道：“没什么，既然选择了这条路，就必须勇敢地走下去，哪怕见不到明天的太阳！”

“不准乱说，我一定帮你。”左侯温柔地抚摸她的脸颊。

良久，芦白花轻轻叹息道：“开封那边有人叛变，不可避免会波及洛阳，我来就是处理此事。”

“粉地洋彩瓶是不可替代的密码？”

“具体情况我真不知道，为保守秘密通常采取双盲措施，负责传递情报的不可能掌握细节，掌握细节的接触不到潜伏人员……只能说这么多，抱歉。”

“我想我已经有几分数了。”

“那就好，我走了，晚安。”芦白花边说边起身。

左侯不觉惊愕，“你……我还以为……”

芦白花咬着嘴唇道：“今晚不行……有个同志处境危险，我要协助他转移。”

“小心点儿……”

话没说完，芦白花已快速闪身出门，转瞬消失不见。

整整一夜，左侯都没睡踏实，每听到枪声就紧张万分。

作为昔日闯荡江湖的搭档，他相信芦白花的身手。但伊宫承是左侯所见过的最难缠的对手，枪法精准，机敏冷酷，的确是杀人不眨眼的角色！左侯不确定两人一旦相遇，芦白花是否能逃出伊宫承的魔爪。

第二天早上，左侯哈欠连天来到警察局探听虚实，没有异常，吴探员说没看见伊宫承，大概早早吆喝弟兄们到街头值勤去了。

没事就好。左侯悬在嗓子眼一整夜的石头终于落地。

两人又去拜访了洛阳排名第一的鉴定师——“鹰眼铁口”宋楚云，打听乾隆粉地洋彩福禄齐天瓶的来龙去脉。

收藏、转手古玩离不开鉴定，作为首席鉴定师，宋楚云肚子里藏着很多秘密。

“关于粉地洋彩瓶……”宋楚云酝酿良久才斟字酌句地说，“大概三四年前流入洛阳，由于收藏者身份特殊，当时只有他和我知道此事。这个瓶子，他可能是当作珐琅彩瓷收藏的，我也没说破，因为他只问是否赝品，并没有深入探讨的意思，宋某非多话之人……”

“理解理解。”左侯肃容道，暗中却笑宋楚云的小九九：珐琅彩瓷是釉上彩瓷中最为精美的瓷器，乾隆年间珐琅彩瓷更以其精密繁复和雍容华贵成为巅峰精品，但与数量小、质量高的洋彩瓷相比还是低了个等级，价格也有不少差距。

宋楚云是留个心眼，想着待日后藏家玩腻了转手时占点便宜。

果然，宋楚云接道："赏玩了近一年，那藏家还是倾向色浓庄重的康熙彩瓷，便转给他人，成交时宋某也在场……"

不消说，宋楚云必定伙同买家按珐琅彩瓷讨论价钱，从中抽头。

"最终藏家是谁？"吴探员不想听曲曲折折的过程，急不可耐地问。

宋楚云慢吞吞道："去年瓶子又转了一手，原因是那个藏家做生意亏损严重，不得不把瓶子抵算五千大洋给了川通洋行陈景泰……"

"姓陈的近年来收罗了不少古玩珍宝，可他本身对收藏不感兴趣，也没有研究。"左侯道。

"陈景泰不算收藏家，而是标准的投机商，利用这几年战乱生意难做的形势疯狂收集古玩，以期政局稳定后行情上涨大赚一笔。你看他的仓库就知道，青铜器、瓷器、陶器、玉器等到处乱放都没个章法，有的干脆搁在地上发霉，暴殄天物啊。"宋楚云痛心疾首道。

"之后瓶子一直在他手里，没被转手？"左侯问。

"应当是。粉地洋彩瓶极为罕见，很多人不识货，即便陈景泰想转让，一时半会儿想找到合适买家也难，还得靠我等牵线搭桥。"

"陈景泰与靳浓有无来往？"

宋楚云冷淡地说："靳浓嘛……不太熟悉，我也不关心陈景泰跟哪些人打交道，与鉴定无关的事儿我向来不管。"

出了宋家大门，吴探员上车后道："我知道陈景泰……两个月前伊宫局长让我和小王秘密监视了他一段时间。"

"犯啥事了？"

"不是陈景泰犯事，陈景泰还跟咱赵局是老朋友呢，我们监视他儿子陈顺实。"吴探员道，"伊宫局长怀疑陈顺实是潜伏在洛阳的共党分子！"

第三章

左侯暗自一震。

此前他就知道因为军统人手不足的问题，伊宫承经常指派探员参与跟踪、监视甚至抓捕，大都当着左侯的面下达命令，并不隐瞒。但监视陈顺实一事，左侯半点风声都没听到！

说明因为芦白花的关系，伊宫承对自己起了提防之心，在涉及追查共党地下潜伏组织方面严密封锁了消息。

“查到线索没有？”左侯故作漫不经心地说，“陈景泰那么有钱，陈顺实是不是闲得无聊啊，干这种刀口舔血的勾当？”

“没。不知陈顺实是不是听到动静，那段时间挺安分，成天提笼架鸟、听书看戏、喝茶打牌，把咱弟兄气死了，偷偷摸摸躲在角落里看人家快活。”吴探员恨恨道。

说话间车子已开到川通洋行门口，吴探员正要下车，被左侯拉住。

“等等！”左侯想了想，“能找到陈顺实的照片吗？”

“我记得他的模样。”

“回那家古玩店，问问店主！”

吴探员豁然开朗，“对，瓶子卖家很可能就是陈顺实，他从仓库里偷出去的！”

他们到古玩街那家店一核实，确认那天捧着粉地洋彩瓶来卖的就是陈顺实！

“快，回去抓人！”

沿经警察局，吴探员又叫了几名探员一同驱车直奔川通洋行。

他们冲进店铺，里面店员慌成一团，混乱中询问得知陈景泰正在上海度假，陈顺实身体微恙正在家里休息。

陈家大院位于城南东首花园胡同里，青瓦高檐，铜门铁狮，一看便知是大富之家。

吴探员并不急于行动，先安排两名探员堵住后门，这才几个人合力猛地踹开大门，直扑中院陈顺实住的东厢房。

踏入中院，李探员率先越过盆卉区直奔堂屋。吴探员一把没拉住，只听到“砰”的枪响，李探员“哎哟”一声，踉跄倒地！

“怎么样？”吴探员等人紧张地问。

李探员挣扎道：“还好，没伤着要害……那家伙枪法很准，当心点！”

吴探员等人都是身经百战的老江湖，当即判断火力点在东厢房南窗，即陈顺实的卧室。事起仓促，他来不及逃跑，自知无法蒙混过关，遂强硬回击。探员们有的掩在假山后，有的在盆景区穿梭向前逼近，有的绕到后院形成包抄。

“砰砰砰砰”，一连串射击使得东厢房哑了火。

吴探员趁机冲到最前面雕像后面，大声叫道：“陈顺实，你已被包围了！赶快投降，配合警方调查，不然整个陈家都要被你连累！”

庭院里静悄悄的，隔了两分钟东厢房传出清冷的声音：“不就一条命吗？走上这条路那一刻我就做好随时牺牲的准备！来吧，少爷陪你们玩儿！”

躲在最后面花丛里的左侯瞬间心仿佛被刺了一下，他想起昨晚芦白花说的话：既然选择了这条路，就必须勇敢地走下去……

这态度、语气何其相似！

刹那间左侯深深懊悔：早知陈顺实跟芦白花是同一阵营，应该自个儿悄悄来陈家调查，不必把吴探员招来，如今事态已恶化到收不住场了。

他再一想，昨晚芦白花所说的协助同志转移，会不会就指陈顺实？他为何没走呢？

胡思乱想间，中院里短暂的枪战已进入尾声。

刚开始陈顺实精湛的枪法给探员们造成很大威胁，双方交替开了十多枪，又有两名探员受伤倒地，吴探员不得不下令后撤。

很快，陈顺实的弱点便暴露出来了——子弹有限！

这时绕到后院的探员发起进攻，陈顺实本来子弹就不多，又要兼顾前后，两分钟内便被逼入绝境。

南北两扇窗被探员所占领，陈顺实蜷缩到两只立柜之间顽强抵挡。

到这个程度谁都看得出，陈顺实被拿下不过是时间问题。

左侯心乱如麻，他有心保陈顺实的性命，想让探员们抓活口，但伊宫承那句“我在军统还没见过不肯说话的人”可不是开玩笑，到目前为止，左侯真没见过伊宫承亲自审讯且不招供的俘虏。

陈顺实是细皮嫩肉的公子哥，万一真熬不过军统的酷刑，交代出芦白花等共党潜伏人员，自己的祸就惹大了！

“等一下！”吴探员叫停探员们的射击，劝道，“陈顺实，这光景你是跑不掉了，放下枪配合我们调查，冲陈总的面子能放你一条生路，怎么样？”

“砰！”

陈顺实以冷枪回应。

“往下身打！”吴探员虽被激怒，还没忘了抓活口。

又是一阵“噼里啪啦”乱枪对射，屋里突然哑火，过了会儿传来句高亢响亮的声音：“共产主义事业一定会胜利！”

紧接着只听“砰”一声枪响。

“糟糕！”吴探员低声骂道。

探员们在火力掩护下越窗而入，小心翼翼地靠过去，之后王探员失望地放下枪，道：“死了！”

“真死了？”有个年轻探员上前踢了两脚。

“死者为大，放尊重些！”左侯暴喝道。年轻探员瞅了瞅他阴沉的脸色，没敢吱声。

探员们运走陈顺实的尸体后开始搜查卧室。他们见角落里火盆冒出缕缕白烟，里面有大半盆灰烬，可想而知，陈顺实一直躲在家里焚烧重要文件档案。

他们将卧室里家具、书籍翻得满地狼藉，一无所获，紧接着又审问了陈家家人和川通洋行职员。

仓库保管员大舟承认，六天前陈顺实急匆匆索要仓库钥匙，进去后转了一圈便抱走了粉地洋彩瓶。

“陈总不在洛阳，什么事少爷说了算，谁敢违拗？”大舟为难地说，“我委婉地提醒一句，说这个瓶子很值钱，人家拿它抵充好几千大洋呢，要轻拿轻放，最好抢在陈总回来前放回原处。”

“陈顺实怎么说？”左侯问。

“就‘噢’了一声便捧着出门了，也不知听没听进去我说的话。”大舟无奈道。

陈家大院齐管家也承认几天前看到过粉地洋彩瓶。

“具体哪天忘了，反正天快黑的时候在门口碰到少爷捧着瓶子下车，问他干吗，好像说给朋友赏鉴什么的。”齐管家说，“第二天上午他又捧着瓶子出门了，后来……后来就没见着瓶子了……”

左侯追问道：“第二天还去朋友那儿？”

“少爷的事咱做下人的不敢多管，问多了要挨骂。少爷的房间平时也不肯咱下人进，除非实在太脏主动使唤。”

这也可以理解。地下工作者通常很注意隐私和保密，不会让下人进房间乱翻乱看。

“他平时跟哪些朋友交往，经常去哪些地方？”吴探员已不再是单纯查案，而是替伊宫承盘问陈顺实的老底，想伺机深挖出共党地下活动的线索。

“大都是同学吧，我也不是很了解……”

按照吴探员的要求，齐管家提供了几位来过陈家大院的陈顺实同学的姓名，探员们随即分头寻找。

“前几天他也在家休息？”吴探员继续问。

“没有特殊情况少爷每天准时去川通洋行坐班，下午账房轧完账后才回来，”齐管家想了会儿，“眼下外面不太平，时有抢劫绑架，老爷临走前吩咐每晚早早关门不准任何人出入，连续几天少爷都在家的。”

齐管家的说法得到洋行那边证实，签到簿上白纸黑字有陈顺实上下班的亲笔签名。至于晚上，黑灯瞎火的，仅凭陈顺实一个人压根不可能从城南跑到城西郊那么偏僻的地段。

至此那天大致脉络基本明朗：陈顺实捧着粉地洋彩瓶到古玩店鉴定，店主认为是赝品，却被前来送货的靳浓看出端倪，出门后悄悄尾随陈顺实并花很少的钱将瓶子买下。

根据尸检报告，靳浓死亡时间大致在三天前的晚上。按常理分析，凶手要在天黑前潜到靳家附近，否则黑暗中连村子都找不到。

白天靳浓低价从陈顺实手里买走了粉地洋彩瓶，死后又紧紧抱着它，按说陈顺实嫌疑最大，但陈家和洋行的证词又表明他没有时间行凶作案。

除了陈顺实，还有谁盯上这尊粉地洋彩瓶？

正深思间，吴探员却大大咧咧道：“左顾问，可以结案了，晚上喝酒去。”

“结案？”左侯莫名其妙。

“陈顺实急于拿瓶子换钱作为共党活动经费，不料被靳浓摆了一道。事后或是自己或指使同伙杀害了靳浓，本想抢回瓶子，但靳浓抱得实在太紧只得作罢。陈顺实见我们寻上门，认为事情败露，遂拒捕身亡。”

凶手已伏诛，死无对证，这是侦缉队惯用的套路。

左侯笑笑道：“陈顺实从仓库拿瓶子时，大舟提醒过值好几千大洋，倘若低于一千大洋他断断不可能出手，以靳浓的身家哪里凑得起？恐怕一百大洋都没有！因此你所说的交易是不存在的。”

“既然不存在，靳浓怎么会得到瓶子？他跟陈顺实根本不是一路人，没机会凑到一块儿！”吴探员不服气道。

“所以这当中有个重要的环节没合上。”左侯沉思道，“不管陈顺实是不是共党分子，靳浓如何从他手里拿走瓶子是核心问题，真凶就隐藏在这里。”

吴探员没听懂他话中含义，眨巴着眼睛不知说什么。

“回去等消息吧，希望弟兄们能从陈顺实同学的嘴里挖点料。”

左侯无精打采回到警局，推门却见伊宫承耷拉着脸站在窗前，左臂吊着绷带，不由得吃惊道：“出什么事了，谁敢伤了局座？”

伊宫承冷冰冰地看着左侯，直看得他心头发毛，寒气似打牙缝里冒出来。

“跟我走！”

“去哪儿？”

“跟着就是！”伊宫承道。

第四章

地下室通道阴森而潮湿，越往里走血腥味越重，可以想象这个军统的秘密审讯室枉杀了多少冤魂，又沉浸了多少无辜者的鲜血！

很多人莫名其妙被关进来，能活着出去的却寥寥无几。

左侯很久前便听说过这座洛阳城公认的“人间地狱”，但今天头一次身临其境，心里难免惴惴不安。

宴无好宴，他深知伊宫承打破常规叫自己来绝非好事！

哪个环节出问题了？

莫非之前为了芦白花耍的小手脚其实伊宫承都看在眼里，忍无可忍一块儿算账？

若那样倒罢了，左侯自信除出于个人情谊帮芦白花以外，自己没参与她从事的秘密活动。

左侯最担心的是芦白花落到军统手里！

若真如此，自己不可避免要与伊宫承决裂！因为他绝对不可能眼看芦白花被军统折磨乃至牺牲。

哪怕伊宫承利用芦白花下套。

人都有底线，左侯的底线就是确保芦白花安全——哪怕付出生命代价！

曲曲直直来到尽头，果然是间血迹斑斑的刑室，里面横七竖八放着各式瘆人的刑具。

东墙角落吊着个满身是血、被折磨得不成人形的男子，头深深垂着像陷入了昏迷。

左侯迷惑不解地看看伊宫承，伊宫承咬着牙道："去认一下是谁！"

左侯屏息走到面前，仔细打量那个男子，突然间全身一震，顿时明白伊宫承叫自己来的意图！

他正是古玩街月黄象牙店的黄琦黄老板！

栖霞船屋一案中，共党在洛阳的地下组织试图通过哥窑白釉瓶向芦白花传递消息，不料遭到军统跟踪，情报员急中生智把瓶子藏入相邻的茶壶店。左侯看破玄机，自此与月黄象牙店建立起隐秘的联系。

不过左侯问心无愧的是，与黄老板的联系只限于芦白花行踪，更确切地说纯粹打听她有无来洛阳的消息，从不涉及其他。

"认出来了吗？"伊宫承阴恻恻问。

这一刻，伊宫承暴露了其军统特务的真面目，他不再是那个一丝不苟、执着于破案的警察局副局长兼侦缉队长！

说穿了，刑侦缉捕不过偶尔客串，抓捕共党情报人员才是伊宫承的主业！

定定神，左侯道："认得，月黄象牙店黄老板。"

"还是共党在洛阳的秘密联络人！"伊宫承阴森森地说道，"他负责情报中转传递，还有情报人员进出洛阳城的事务安排，是极其重要的枢纽！"

"噢——"

左侯不置可否，这会儿说什么都是错，不如不说，等伊宫承摊牌。

"我们盯他很久了，这期间发现你到月黄去过五次，是不是？"伊宫承锐利的目光像要洞穿左侯心头。

“五次吗？我记不清了，或许四次吧。”

“我都有记录，精确到分秒，况且每次都是黄琦单独在店里。”伊宫承严厉地说，“你找他干什么？”

“打听芦白花的下落。”

“就是说你早就知道他跟芦白花一伙，都是共党分子！”

左侯断然否认：“我承认局座前半截话，但他们是不是共党分子，那个我不清楚，也不关心——我只在乎芦白花。”

“狡辩！我早提醒过你芦白花是共党分子，你故意装糊涂吗？”伊宫承语气越发低沉，大有翻脸之势。

“不装糊涂，怎打听得到芦白花的消息？”

伊宫承想不到左侯如此无赖，顿了顿怒道：“告诉你，从今天起糊涂装不下去了！老子这条胳臂就是拜她所赐！”

“啊，她……她没受伤吧？”

“你没问老子胳臂会不会废掉？！”

左侯赔笑道：“局座贵人多福，受点小伤没事的。”

“是没事，但芦白花有事了！”伊宫承狞笑道，“前几天她去找过你，之后试图掩护黄琦逃离洛阳，被老子带人拦截。老子胳臂受了伤，她也不会有好下场！”

“局座千万得手下留情！”左侯连忙说。

“刀枪无眼，谁叫她替共产党卖命？现在，你给老子交代她的藏匿地点，有可能寻求哪些人帮助！老实交代，否则别想出这个门！”

“我根本不知……”

刚说了半截，外面有军统特务跑进来，道：“报告主任，发现……”他瞥了左侯一眼随即收住，转而在伊宫承耳边低语。

伊宫承点点头，冲左侯道：“留这儿仔细想想，别耍花招！”说罢匆匆出去，留下那名特务监视。

那特务很警惕，勒令左侯坐到右侧椅子上不准动，否则就动粗。左侯瞟瞟黄琦，很随意地解下金项链在手里晃来晃去，嘴里哼着小调。哼了会儿，他冷不丁问：“你瞧项链鸡心是不是空的？”

那特务眉头一皱，边走过来边看着有节奏晃动的项链，不知何故两眼渐渐失神，肢体仿佛僵住了似的，动作机械而笨拙。

“你很累……很累……你要放松，再放松，紧闭双眼，慢慢地，慢慢地坐下。”左侯柔声指引那特务坐下，“好的，深呼吸，然后慢慢进入梦乡……”

那特务不由自主依着他的指示闭眼，直挺挺坐在椅子上，发出轻微鼾声。

左侯急忙跑到黄琦面前，黄琦也在这时睁开眼。

“帮个忙……杀了我……”黄琦艰难地吐出几个字，嘴边不停地淌下血水。

“白花怎么样？”

“她逃了……”黄琦喃喃道，“杀我……”

“别慌，我设法救你出去！”

“不……要……杀我……我不……不能叛变组织……杀我……”

左侯想解开绳索和镣铐，却发觉都是死扣，弄了好一会儿都没辙，急得满头大汗。他有些气馁，别说这麻烦的束缚，外面肯定还有暗哨之类，要把半死不活的黄琦救出去难于登天。

“别为……为我冒险，不值得。”黄琦阻止道，“杀……杀我……快……求你……”

“你是白花的战友，我怎能……”

“……为保守秘密我……我必须死……”黄琦发出剧烈的咳嗽，喷出一大口鲜血，气息微弱道，“这……关系到……很多同志的生死……芦白花也……也会赞成的……快……时间紧迫……”

左侯心乱如麻，从未有过如此挣扎和彷徨。

从内心讲他不愿沾上革命者的鲜血，这必定会给今后带来极大麻烦。但他很清楚伊宫承这帮军统特务的手段，落到他们手里真是生不如死，死亡反倒是最好的解脱。

外面似乎隐隐有动静，黄琦连声催促，被催眠的特务眼睛似睁似闭好像在努力从梦魇中挣脱出来。左侯冷汗直往下滴，还是犹豫不决。

“快……为了革命事……业，为了革命……战友，快……快让我……死！”黄琦几乎用尽全力吼道。

外面声音越来越大，容不得再拖延下去！

左侯一咬牙，掏出怀中匕首在镣铐间狠狠一磕，然后把指甲长短的刀尖递过去。黄琦会意，含笑张嘴将刀尖压到舌下。

左侯快速返回到那特务面前，再以柔和的声音让他从睡眠中醒来。

“咦——”

那特务惊讶地发现自己居然坐在椅上，左侯则在对面打瞌睡。他揉揉眼再看看黄琦，总觉得什么地方不对，又说不出哪儿不对。

“醒醒，不准睡觉！”

那特务冲左侯吼道，发泄心头的不安和无由来的怒火。左侯假装被惊醒，勉强笑道：“不睡就不睡。”

话音刚落，伊宫承在一群军统特务簇拥下鱼贯而入。他用锐利的目光扫扫刑室，在黄琦和那特务脸上各逗留两秒钟，拉长脸道：“没耍手脚吧？”

“我刚醒，他可以作证。”左侯不慌不忙道。

伊宫承哼了一声，挥手示意军统特务们都退出去，然后道："半小时前侦缉队在城西郊靳浓的屋子附近遇到了芦白花……"

"啊！"左侯吃惊地看着对方，一时说不出话来。

"很惊讶是不是？靳浓的案子水很深，不像最初认为的那么简单！"伊宫承道，"好消息是你可以回去了，芦白花跑到靳浓屋子找东西，说明你没有泄露案情，至少没通风报信。"

这当儿左侯哪里肯走，追问道："那之后呢？"

伊宫承悻悻道："又让她跑了……别得意，终究会抓到的，只是早晚问题！"

"局座为何突然把他抓起来？"左侯指着黄琦问。

"告诉你无妨，反正……"伊宫承道，"开封那边有共产分子投诚，交代了不少人，也涉及洛阳联络点月黄象牙店。我接到消息后没急于动手，密切监视哪些人经常上门……"

"结果共党都没去，我倒去了。"左侯道。

"也有嫌疑人……"伊宫承何等老辣，不该说的绝不透半个字，转而道，"监视了大半个月，姓黄的非但没啥行动，反而有转移财产准备远走高飞的迹象，所以我下令抓捕。不料昨夜芦白花居然赶过去掩护，差点让他跑了。"

"说明人家内部已察觉有内鬼。"

"开封那边做得很隐秘，唯一可能是有人走漏了风声。本来怀疑跟陈顺实有关，没想到你和吴探员闯进陈家乱搞一气，把我布好的局搅黄了，哼！"

至此芦白花、黄琦和陈顺实之间关系已无可辩驳，但靳浓又在其中扮演什么角色呢？

左侯觉得案子更扑朔迷离了。

第五章

又是一个不眠之夜。

清晨左侯打着哈欠来到警局，伊宫承带着侦缉队探员们整装待发。

“去哪儿？”左侯随口问。

伊宫承深深瞅他一眼，“上车！”

车子开了数里后，伊宫承突然道：“黄琦死了！凌晨四点左右死的。”

左侯装作吃惊道：“是不是局座下手太重？”

伊宫承盯着左侯，慢慢从兜里掏出个牛皮纸袋，里面有个血淋淋的刀尖！

“你要的手脚吧？把匕首给我看看！”

左侯早有准备，敞开外套，露出腰际间四柄匕首，一柄柄拔出来摊在手掌中，都完好无损。

“你当然不会那么笨。”伊宫承闭上眼睛，半晌道，“不过我知，你知，大家都知，是你配合黄琦自杀的，可以说间接促成了他的死亡。”

“真是欲加之罪何患无辞，局座这么说让我很难过……”左侯急忙辩白。

“我睡会儿，到了村头叫我。”

伊宫承似乎对黄琦的死并不在意，径直系上风衣纽扣，双肩抱臂睡着了。

一路无话，三辆吉普车开到城西郊村庄，两名探员正在茅草屋前转悠，墙上分布有弹孔，一看便知昨夜有过激烈枪战。

伊宫承大步来到东厢房，神情冷峻地看着满屋赝品，头也不回地问道：“第一次进这间屋子时，你有什么感想？”

“不愧是洛阳城头号羊牯，收藏的东西没一件真的。”

“十多年前靳浓还是大茶商时，在洛阳城地位很高吧？”

“当时有‘靳山银山’之称，尤其生意场上的人巴结他都来不及呢。”

“作为精明的商人，买了上千件古玩都是赝品，是不是傻到不可理喻的程度？”

左侯心一动，沉吟道：“当时我和白花还没出道，靳浓的事大都听同行讲述……的确不可理喻，但搞收藏就是这样，根本听不到一句真话，很多时候只能靠直觉。加上他经商多年形成独断专行的脾气，所以……”

“再独断再专行，会跟自家钱财过不去吗？”伊宫承摇头道，“昨天我拜访了宋楚云……”

“啊，局座没在街头值勤？”

“我叫你们值勤而已，可曾说过亲自值勤？”

左侯后背掠起层层寒意，心知伊宫承最近瞒着自己做了很多事。关于靳浓，关于芦白花，自己被蒙在鼓里的事太多了。

“宋楚云与靳浓没有交集。”左侯道。

“靳浓坐拥千万家产时，所住的豪宅离古玩街不到十分钟。当时宋楚云还没做到洛阳首席，但已小有名气，经常有巨富商贾请他上门鉴定。你想想，靳浓舍得一掷千金买根长矛，买只酒杯，却舍不得那点鉴定费？”

“他过于自信……”

“连我这个外行都知道，古玩交易请鉴定师在场相当于背书，也是在行业内公开的交易方式，鉴定师的存在是对交易双方身份、交易额、古玩真伪的确认，某种意义上相当于公证。动辄几万、十几万甚至上百万大洋花出去，结果所有专家、收藏家都公开质疑，换了你是靳浓，难道没有一丝丝疑惑？”

“呃，局座考虑的角度很新颖，以前就那么一听，从没深究过。”左侯坦率道。

“还有，那些骗子——拿着孔子的惊堂木、诸葛亮的孔明灯、西门庆的香粉桃花扇上门兜售的那些人，可知他们的名字，骗的钱用哪儿去了？”

“既然是骗子，肯定隐瞒真实身份，得手后便溜之大吉。”

伊宫承似笑非笑，“你是洛阳头号骗子，还有你不熟悉的骗子？”

左侯难得红了红脸，道：“局座分析得细致入微，点破了之前一些模糊的传言。的确，凡让靳浓上当受骗，笼而统之以‘骗子’概括，始终无名无姓，难以核实。不过赝品倒是有的……”

“像这只青铜三足环蛇杯，古玩街能找两百个。”

“局座的意思，靳浓那些年做的交易有猫腻？可上亿家产全都被败光，妻离子散是事实啊。”

伊宫承在东厢房转了转，又来到西厢房，随便拿了几个小件掂了掂，不屑地扔到地上道：“切，我都看得出是假的。”

“局座无师自通，乃古玩奇才。”

“少拍马屁。”虽这么说，伊宫承从昨晚就紧绷的脸还是有了一丝缓和，“你可知道靳浓家人都去了哪儿？”

“传闻是去了句容，到原先靳家茶园打打下手，做些轻巧的手艺活儿。”

“我派人调查过，根本不在高淳、句容茶园，也不在南京、扬州一带的靳家茶庄！传闻仅仅是传闻，未必靠谱。”

左侯奇道：“局座刚开始对靳浓不感兴趣，为何突然如此大动干戈展开调查？”

“很简单，因为芦白花感兴趣。陈顺实自杀了，黄琦被抓了，按说洛阳这边潜伏的共党组织也遭到重创，该及时收手避过风头，可她还冒着风险跑到这儿来，必定大有玄机！”伊宫承冷冷说道，“我要挖出她感兴趣的原因！”

说话间探员们将两侧厢房的赝品都搬到门口，一件件翻查，然后能砸的砸，能烧的烧，一股脑扔到村前水流湍急的落马河里。

“不给共党分子留任何线索！”伊宫承命令道，最后一把大火将三间茅草房烧得干干净净。

回城途中，伊宫承直奔陈家大院，见院里人来人往忙忙碌碌，到处摆满了草绳紧扎的大木箱。

“这是要搬家吗？”吴探员上前询问。

齐管家说老爷原本身体不好，听说爱子自杀悲痛欲绝，躺在床上起不了身。家人怕老爷睹物思人，加之陈顺实的死涉及共党分子，索性全家搬到上海。

分明是怕城门失火殃及池鱼嘛。

陈景泰与赵局长多年至交，以他的身份和地位不至于通共通牒，估计还是出于生意人胆小怕事的本能，不想留在洛阳任人宰割。

伊宫承没说什么，驱车直接回了警察局。

从中午到下午，洛阳各家洋行源源不断地送来成箱的账册清单，伊宫承专门开了间会议室存放，再调来经验丰富、算盘打得飞快的账房先生们坐在里面查账。

左侯疑惑不解，反复试探，伊宫承却稳如泰山，坚决不肯透露一二。

百无聊赖地枯坐了大半天，左侯早早离开，到古玩街溜达散心。

内心深处，左侯很清楚因为芦白花负案在身，自己已失去了伊宫承的信任，所以眼下所做的调查都对自己严格保密。以往案子胸有成竹、大局在握的都是自己，这回关系到芦白花生死，却被伊宫承牢牢掌控调查进展，想想也是郁闷不已。

东游西荡到天黑，城里照例响起了警报声，家家户户门窗紧闭防止透出一丝光亮，两侧店铺纷纷打烊，古玩街陷入死一般寂静。

左侯信步转入左侧狭窄的李家胡同，往里拐是四方胡同，穿过再往右已到古玩街最深处的徐家屯胡同。

蓦地，黑暗中蹿出条人影，恶狠狠地扑向左侯！

左侯瞪大眼却不躲不闪，任凭对方手持匕首将他逼到墙角。

“白花，现在贸然现身很危险的。”左侯道。

对方愤怒地扯下蒙面巾，果真是芦白花。她低声喝道：“你杀了我们的同志！”

“他是自杀。”左侯顿了顿，“我提供的刀片……”

没等他说完，锋利的刀尖已刺入他皮肤，芦白花激动得全身颤抖，带着哭腔道：“这跟亲手杀他有什么区别？黄琦同志是洛阳地委领导，是在秘密战线战斗多年的老党员，你……你怎能杀害他？！”

“你要干什么？”左侯冷静地问。

“杀了你，我也自杀。”芦白花垂泪道，“你是帮了我很多，但出于民族大义、组织原则，我必须为革命同志报仇……你死了，我赔你一条命！”

“傻瓜！”左侯温柔地说，“白花呀白花，你的聪明睿智都哪儿去了，怎么不动脑筋就轻信外面传言？那是伊宫承故意放的风！”

“可你明明亲口承认……”

“伊宫承有句口头禅，‘我在军统还没见过不肯说话的人’，他没说大话！军统很多刑罚远远超过人体忍耐极限，与之相比，拔指甲、坐老虎凳、烙铁等只能算小儿科！我进刑室时，黄琦已被折磨得奄奄一息，后来逮着机会央求我杀他，说为了同志们的安全，还说换了你也会赞成……”

“黄琦同志！”匕首“哐啷”一声落地，芦白花双手掩面痛哭。

“他是自杀，只是用了我提供的刀片。倘若他并非一心求死，完全可以不把刀片吞下去，明白我的意思吗？”左侯目不转睛盯着她，“这对我很重要！”

“嗯……”

芦白花点点头正待说话，远处忽然传来脚步声和枪栓声，紧接着声音越来越近，明显朝这个方向而来！

“果真跟过来了。”左侯怫然变色。

芦白花拔出手枪，“你跑，我掩护！”

左侯一把拉起她，“废话，当然一起跑了！”

两人在深巷里转了几个弯，但后面追兵嘈杂声越发变大，十多道手电光柱在夜空中晃动。

“分头走……不然都……都活不了！”芦白花喘息道。

左侯紧紧拉住她不放，又转了两个弯，他突然停下，飞快地推开右侧黑漆漆的小门，两人闪身进去后旋即闩好门，屏息静气分列门的两端。

过了一分钟不到，追兵“呼啦啦”从门前跑过去，听脚步声足有十多人，夜风中隐隐飘来对话声。

“人呢？跑哪去了？”

“前面全都是死巷，妈的难道飞了不成？”

“会不会躲进人家院里？”

“这光景谁他妈的敢天黑后开门？”

……

第六章

两人静静站了十多分钟，直到最后两名暗哨哈欠连天地从门口走过，这才会意一笑，手拉手走进堂屋，推开东厢房门，关好门窗后点亮油灯。

“这是你的又一处密室？”芦白花好奇地打量四面墙上的字画，随口问道。

左侯笑笑没说话，细心地挑掉两个灯花。

从警局出来，左侯便知有人跟踪，也知道芦白花听到黄琦牺牲的消息要找自己算账，故意跑到古玩街密室附近，这样既成功甩掉尾巴，又如愿与芦白花见面。

“有个问题你务必老老实实回答！”芦白花转身道，“日军真的快突破防线了，洛阳沦陷已成定局，你为何不走？”

“担心再也见不到你。”

“骗人！”

“我是说真的！还有就是这些年收集的古玩，不管买的、骗的、蒙的、偷的，都是中国人的宝贝，日本人甭想染指！”说到这儿左侯叹了口气，“只是军统盯得很紧，转移工作缓慢而漫长，我也不知道沦陷前能运出去多少，总之得守到最后一刻。”

“包括《月下绛妃图》？”

“噗”，左侯陡地吹熄油灯。

芦白花怔了怔，“有情况？”

“最大的情况就是我……”

说着左侯将她拥入怀中，芦白花越挣扎身子越软，最后化成一摊水，软绵绵由他抱着上床，脸庞红通通的，闭着眼任他肆意妄为……

激情过后，左侯紧紧握着她的手不放。

“还不松开？”她嗔怪道。

“我怕……怕一松就被你在后脑勺按一下，然后就没有然后了。”左侯道。

芦白花此时心情特好，慵懒地笑道：“不会的，我猜，你还有话要问？”

“关于靳浓。”

黑暗中她悄无声息，左侯以为她睡着了，孰料她冷不丁道：“那个瓶子对组织很重要。”

“这我知道，还有呢？”

芦白花长长叹息了一声，雪白的胳臂缠在他颈间，在他耳边吐气如兰道：“组织在洛阳有两个组，一是黄琦同志为首的联络组，我也是这个组的，负责跑外勤；一是情报组，专门收集情报并通过特殊渠道传递出去，由洛阳地委另一位领导负责……”

“我明白了，两个组垂直管理，彼此间互不通气。”

“不单如此，即使同一组内也都是单线联系，只有组长才知道所有组员名单。比如我每次来洛阳必定到黄琦同志那边报到，却不认识联络组其他人。”

“陈顺实呢？”

“麻烦就在这里。”芦白花烦恼地说，“我只知道他是某个组的同志，也知道他希望借助那个瓶子向组织传递非常重要、非常紧急的信息，可那天晚上黄琦同志被捕，我却没有救出他，自己也险些受伤。随着黄琦同志牺牲，靳浓溺水身亡，连续中断两个环节，后面怎么办我也没头绪，这才冒险夜探茅草屋，想看看靳浓有无留下其他痕迹。”

左侯沉思少顷，道：“陈顺实拿瓶子在先，黄琦被捕在后，说明陈顺实没向身为地委领导的黄琦报告。”

“或许陈顺实发现黄琦被监视所以……他父亲跟警察局长是至交，能间接打听到很多机密。”芦白花道。

“你怎么知道黄琦有危险，还会那天晚上赶过去营救？”

“……我从开封那边的紧急渠道得到消息，情报来源肯定不是陈顺实，因为他的上线就是黄琦。”

左侯心念一动，脑中隐隐形成若有若无的脉络，只是过于缥缈，还须更多细节来验证。

“陈顺实想通过其他渠道转达信息，可你们的组织纪律很严密，一时间根本找不到联络人。”他分析道。

“况且他的处境也很危险，由于年轻、经验不足，军统已注意他很久了。”芦白花道，“情报组比联络组潜伏更深，肯定不会轻易露面，问题是瓶子怎么会转到靳浓手里呢？”

“靳浓经常在城里送货，可以合情合理接触三教九流，加之他身份卑微名气极差，很多人都懒得正眼瞧他，是极好的掩护。”

“假设陈顺实急病乱投医，把瓶子给了靳浓……”

芦白花顺着他思路道：“再假设靳浓准备把瓶子传递出去……不，他没找到联络人，瓶子在家里耽搁了一天。”

“就在这一天里，发生了意外。有人盯上靳浓或那个瓶子，傍晚潜入茅草屋，靳浓发觉后与他奋力搏斗，从屋里扭打到河边。最后靳浓被推落水中，但他死死抱住瓶子，凶手终究功亏一篑。”

“尽管靳浓四处送货，以如今的地位和处境加之性格孤僻，知之者甚少，认识城西郊茅草屋的更少，凶手身份……”

两人你一言我一语，案情及凶手身份已呼之欲出，只是依然差了最关键的半步！

屋里陷入沉默。

隔了半晌，左侯道：“目前掌握的情况是，靳浓在一家古玩店偶遇陈顺实，可伊宫承执着地认为靳浓‘头号羊牯’的称谓有问题，使劲地追查……”

“这也是我夜探茅草屋的另一个原因，”芦白花道，“总觉得陈顺实不可能冒冒失失把既昂贵又承载情报信息的粉地洋彩瓶交给完全不相干的人，但靳浓会是组织的同志吗？这个反转太大了，我完全没有心理准备。”

“深有同感。”左侯道。

芦白花深深叹息了一声，然后起身披衣，说要趁夜色正浓转移到别处。左侯将她拽到被窝里，笑道：“在我身边最安全。”

“不，最危险。”芦白花嘟着嘴道。

“我用行动保证我是值得信任的……”

“啊，你又……”

“是的，宝刀不老，梅开二度！”左侯低声邪笑着，饿虎扑食般压了上去……

清晨，左侯神清气爽地来到警察局。

伊宫承神色如常，端坐着看报告，见左侯进来只瞟了一眼，并未追究其昨晚下落。跟踪与反跟踪，是两人之间心照不宣的游戏，点破就不好玩了。

上午九点，吴探员兴冲冲地拿了叠资料进来，道："找到了，他住在城东外的乌熙村！"

"噢，侦破两个盗洞案时去过。"伊宫承道，"走吧，左顾问。"

左侯一言不发跟在后面，上了车后才问："找谁？"

"当年靳府的大管家阮银发！靳浓在洛阳南城重金购下宅院花园时聘请了他，之后在靳府服务了十二年，直到靳家衰败彻底变卖家产才离开。他当时也分到了点钱，便回乌熙村养老去了。"吴探员道。

左侯道："局座还是觉得靳浓有问题？"

"有时你要相信军统的直觉，就像你鉴定古玩一样，"伊宫承半眯着眼道，"或者像我怀疑你一直跟芦白花暗中勾搭一样。"

吴探员眼珠瞪得浑圆，吃惊地偷觑两人。

左侯干笑道："局座很风趣。"

"我是个无趣的人。"伊宫承冷冷道。

尴尬气氛一直持续到乌熙村头，下车后他们在村长指引下来到阮家。阮银发正在花坛里侍弄花草，虽已六十多岁，不知是不是保持劳作的缘故，仍精神矍铄，耳聪目明。

提到老主人靳浓，阮银发连声叹息。

"本可以过一辈子好日子的，谁知鬼迷心窍弄那些个破破烂烂的东西，出手就是几万、几十万甚至后来上百万，全是白花花的大洋啊，要卖多少吨茶叶才能赚回来？家，不知不觉就败光了。等夫人发现不对劲盘点家产时，居然连女儿的陪嫁都凑不齐……"

"陪嫁多少？"吴探员问。

“开封煤油商徐复树，大同那边有四个矿，人称徐半城，当初谈婚事时老爷许诺陪嫁两百万大洋，徐复树说主要看大小姐知书达礼，娴静温柔，言下之意那点陪嫁并不放在眼里。”

左侯也来了兴趣，“凑不齐陪嫁咋办？”

“夫人硬气，说砸锅卖铁也要把女儿嫁出去。老爷还在琢磨攒点钱收破烂，全家人都反对，吵得不可开交后就卖庭院、花园什么的，凑了十张银票送到徐家，之后大小姐就过去了……”

“没办婚礼？”吴探员又追问道。

“当时正打仗呢，再说靳家已经不行了，能卖的全都卖掉了，徐家说得好听叫娶媳妇，其实是收留大小姐！”阮银发喘了粗气道，“分家后，两位少爷陪太太到南方养病，给老爷留了五百大洋，临走前千嘱托万叮嘱别买那些个没用的破烂。老爷呢倒是听进去了，悄悄买了个茶叶铺做东家，在北城门口一带租了个小四合院，倒也过得有滋有味。”

后半段好像不对路子了，左侯赶紧问：“您老后来见过他吗？有没有去过他的茶叶铺和小四合院？”

“只遇过一次。”阮银发指着腹部说，“我胃疼得难受，一个人进城找大夫，正好在街上碰到老爷，看他穿得挺朴素，精神倒还不错。我那个激动啊，当街就要给他磕头，他拦着不肯，然后我跟他站在路边唠了半晌……”

“噢，小四合院是听他说的！”左侯恍然，“关于大小姐后来有消息吗？是否回洛阳看望过父亲？”

“这个……老爷没说。嫁出去的女儿泼出去的水，太太、两位公子去南方后都没音信了，哪里还……”

阮银发话里意思是靳家抢在破落前能把大小姐嫁到豪门，已是不幸中的万幸了。

一直保持沉默的伊宫承终于开口问："太太和两位公子去了南方哪个省份？"

"没细说，大公子的意思是边走边看，寻到合适的地方就住下……唉，当时乱糟糟的，一家人心都散了，哪有心情顾这个。"

"房子卖掉后，靳浓住哪儿？几大间屋子的破烂又放哪儿？"伊宫承问道。

阮银发道："当时跟卖主说好半个月宽限期，太太他们拿到钱后就坐船走了，还是我陪着去的码头。老爷心里难受，成天关在屋里不吭声。过了两天其他人也都散了，我就进屋向老爷告辞，还没张嘴他就说天下没有不散的宴席，你收好钱回家，养养花草颐养天年吧。我站在门口掉了几滴眼泪，收拾好包袱就出了门……私底下我觉得老爷可能也不在意那些破烂了，就是它们败掉了'靳山银山'的靳家。"

左侯点头同意："是啊，古玩有风险，入行须谨慎。"

第七章

回城途中，左侯说："想必阮银发离开后，靳浓随即跑到城西郊租了三间茅草屋供自己栖身并存放那些破烂，只是不知五百大洋到哪儿去了，莫非一时手痒又买啥玩意儿了？"

吴探员脱口说："买了个茶庄！"

话一出口，伊宫承以责备的目光瞪了吴探员一眼，吴探员自知失言，面红耳赤低下头。

"啊，原来阮银发没说错，靳浓也没说谎啊！"左侯忙不迭地问，"买的哪家茶庄？后来为何转手……怪不得局座从昨天就开始查账，原来想通过查各大洋行的明细账调查靳浓资金用途！"

伊宫承避重就轻道："调查结果跟本案无关，别再问了。"

"既然买下茶庄，为何不当老板反而为人家跑腿？难以解释的，局座！"左侯还是不甘心。

伊宫承干脆闭上眼睛睡觉，直到车开到警察局院里才睁开眼，指示探员立即发急电。

军统的办事效率快得令人惊讶。

接到要求调查徐复树及其儿媳的电报后两小时，开封军统便来了复电：

四年前徐复树全家都搬到广州，开封城里没有任何产业、私宅等。

细细一算，正好是靳家变卖家产凑足两百万大洋将女儿嫁入徐家之后。

“给人的感觉是，徐家拿到那笔钱后立即逃之夭夭？”吴探员皱眉道。

伊宫承道：“徐复树当年在开封购置了很多产业，所以才有徐半城之称，没听到他挥霍浪费、坐吃山空的传闻。然而洛阳、开封两大富商差不多同时清空产业去了南方，不能用巧合来解释，必定有其内在原因！”

“四年前发生了什么状况？”左侯苦苦思索，道，“那几年日军频繁轰炸洛阳，伤亡惨重，会不会是担心产业遭到破坏举家南迁？当时跑路的富商很多。”

伊宫承让探员从档案室捧来四年前的报纸，快速翻看，边看边想，脸色阴晴不定。翻到一半他又停住，踱到窗前沉思了好久，找借口把吴探员打发走，关上门道：“日军从六年前就开始空袭洛阳，两年间大规模十多次，而四年前只有三次，因此空袭不是两家远迁南方的主要原因！”

“局座联想到什么？”

“本来我就怀疑靳浓所谓古玩羊粘有猫腻。加上徐复树举家远迁，跟靳太太一样也去了南方，从而可以证明他明面上当受骗、大肆挥霍，其实是在暗中转移家产挪作他用的事实！”

左侯急速盘算，道：“难道转移去了香港？但那样的话靳浓可以像徐复树那样光明正大离开，何必费这么大周折，把自己弄得人不人鬼不鬼？”

“钱肯定没用在正途！”伊宫承咬牙切齿道，“这么做的原因是逃避当局监管！”

“局座的判断是……”

伊宫承面沉似水，拍着厚厚的报纸道：“四年前还有桩轰动国内外的大事，不过这些报纸里根本看不到，寻常百姓即便有所耳闻也只是听过只言片语……”

左侯脑中灵光一闪，“想起来了，是百团……”

“对，百团大战！那是共产党在华北组织的一次大规模正面对日作战，取得一些战绩但也暴露了实力，之后日军疯狂反扑，共产党日子很不好过。也就在那时社会各界掀起捐款捐物活动，大批救援物资通过各种途径源源不绝运抵他们的地盘……”

想到芦白花每次回洛阳也大抵为了筹款筹药品，左侯道：“局座觉得靳浓有可能暗中资助共党？”

伊宫承拳头狠狠砸在桌上，“不是可能，是一定！好端端坐拥上亿家产的大茶商，茶园产量稳定，茶庄经营正常，大把银子流哪儿去了？若不使出这等偷梁换柱的把戏，老子第一个要找上门！”

“就是说，那些所谓拿着古怪玩意儿上门的骗子实质都是串通好的，他们揣着白花花的大洋出了城便直奔共党地盘……徐复树也是如此？”

“他倒未必。当时山西全境都落入日军之手，再留在开封已无意义，靳浓花两百万嫁了女儿，没准太太儿子等去南方后都投靠了徐复树，好一个金蝉脱壳之计！”伊宫承气得脸色铁青。

左侯思路已完全贯通，“这样看来，陈顺实把粉地洋彩瓶交给靳浓就解释得通了，作为资助者，靳浓有可能认识更多共党分子……”

“甚至他可能就是其中一个！”

“剩下问题就是谁杀了靳浓，以及瓶子到底起什么作用？”左侯道。

伊宫承生了会儿闷气，摆摆手道：“谁杀都不重要，这年头死个把人算什么，何况是共党分子！我认为凶手就是陈顺实，两人窝里斗，结案！”

“这……这不是草菅人命吗？明显有违局座严谨细致之风。”

“至于瓶子马上就运往重庆，别打它的主意！”

左侯苦着脸道：“再让我看一眼，成吗？”

“不成！”伊宫承板着脸道。

话虽如此，中午王探员将乾隆粉地洋彩福禄齐天瓶打包装箱前，特意捧到办公室，左侯围着瓶子足足看了六七圈，长吁短叹。

王探员离开后，伊宫承若有所思：“共党对古玩虽不感兴趣，却擅长利用古玩传递消息。上回在一尊哥窑白釉瓶上写字，传递接头地点时间，这回玩的什么伎俩？”

“瓶子内外都没字，也没有暗号。”

“我知道，军统最有经验的痕迹专家已对瓶子做过全面检测。”

“所以瓶子根本没什么，靳浓之所以紧紧抱着纯粹是出于藏家对古玩的挚爱。”左侯笑嘻嘻道。

伊宫承气结。

或许因为战事吃紧自己压力剧增，或许因为他与共党分子芦白花暗通款曲，这段时间伊宫承看到左侯就满肚子火！

“如果你死在我枪下，会抱着《月下绛妃图》吗？”伊宫承冷声问。

“别说晦气话，局座和我都会好好活下去，真的。”左侯还是一脸微笑，且笑得很真诚。

伊宫承冷哼一声，大步走出办公室，粗声粗气道：“立即把瓶子送到码头！”

傍晚时分，城南军事警戒区一群宪兵队员和警备师士兵群殴，斗到白热化时双方差点擦枪走火。

群殴事件引起舆论大哗，最普遍的抨击是“有本事上前线，窝里横都是狗熊”。重庆方面也大为震怒，指示伊宫承介入调查，落实责任。

伊宫承率侦缉队进驻警戒区，左侯以无关古玩为由拒绝前往。他漫步至古玩街逛到天黑后借助夜色掩护七拐八绕进入昨晚的小别院。

芦白花正坐在桌边给手枪上油保养，看着她娴熟迅捷的装拆手法，左侯不禁叹道：“那些鉴定技巧和骗术，你恐怕早生疏了吧？”

“有一得必有一失。”

左侯停顿片刻，道：“粉地洋彩瓶已运往重庆……”

芦白花“唰”地起身，紧握手枪道：“从水路？我这就向组织通报，沿途展开拦截！”

“慢！”

左侯缓缓坐下，道：“军统痕迹专家用放大镜一寸寸检测过，没有任何暗记。”

“陈顺实不可能无缘无故把偌大的瓷瓶捧到古玩街随便送人，肯定蕴藏着什么秘密，或是要向组织传递什么信息！”芦白花坚持道。

“说明奥妙在粉地洋彩瓶本身。”

“本身……”芦白花妙目闪烁，“我不懂你的意思。”

“走，跟我去找一个人！”

左侯和芦白花从暗门出去，在迷宫般的巷子里转了二十多分钟绕离古玩街，一路疾行来到西城区，确定无人跟踪后，穿过两条马路来到华裕金店背后的西式洋房区。左侯四下张望一番，伏在最内侧暗黄色外墙的别墅前花丛中。

“谁住这儿？”芦白花迷惑不解地问。

“进去就知道了。”

“冲进去？”

左侯笑道：“身手没搁下吧？”

芦白花咬着嘴唇道：“让你见识见识！”说罢她快步闪到别墅面前，纤细的手指攀住墙体间缝隙，轻巧而敏捷地翻上去，避开墙头密布的铁荆棘、碎玻璃，悄无声息地跳落到院内。

与此同时，别墅二楼暗芒一闪，一个人影从窗户直接跳到后院，飞快打开隐蔽的小门冲了出去！

“站住！”

左侯从左侧包抄上前，夜幕下黑影举手抬臂似要射击，左侯眼疾手快一抖手腕，“嗖”的一下，匕首正中黑影手腕！

黑影痛得短促叫了一声，不敢恋战，往右前方的巷子亡命狂奔。

他想利用曲折幽深的巷子甩脱对手，但左侯死死追在后面，始终将距离保持在十多米。

芦白花从另一侧追过来，她身子轻盈，数年来时常经历追逐战、运动战，速度更快，很快越过左侯追了上去。

进了巷子，三个人在巷道里蜂舞蝶绕般游走了十多分钟，黑影见始终摆脱不掉两人，自己反而气喘吁吁，无奈之下只得从巷子另一端出去，躲进民宅后的乱树林。

不料芦白花更擅长密林追踪，几个回合下来非但没拉开距离，还差点被两人当场夹击！

黑影不得不出了乱树林，飞身跳入一处荒弃的草屋，左手持枪胡乱开了几枪，将左侯和芦白花逼在垮了半面的土围墙外。

“他到底是谁？”芦白花蹙眉道。

左侯微笑道：“你不是想知道粉地洋瓶的秘密吗，答案就在他身上。”

“什么意思？”

芦白花如堕雾中，不明白他葫芦里卖什么药。

第八章

左侯突然抬高声音叫道："这会儿没人帮你，赶紧放下武器举手投降！"

这话并非诳言。虽然全城戒严，但此时的洛阳城已乱成一团，伤病员、逃兵、来自四面八方的志愿者等，大都携带枪支。白天各忙各还好些，到了夜里几杯酒下肚，黑咕隆咚里火气就来了，因此整夜枪声响个不停，大家也都司空见惯了。

草屋里静悄悄的，没有回应。

芦白花一跺脚，用力拧住左侯的耳朵，娇叱道："屋里到底是谁，给我说清楚！"

"哎，轻点……"左侯痛得直叫唤，道："我说我说，你先松开……"

"说了我才松！"芦白花不肯让步。

左侯蓦地大声道："任大寿出来吧，你的老底已被识破了！"

"任大寿……芦羽茶庄老板？"

芦白花惊愕万分，左侯趁机挣脱开来，摸着痛处不禁咝气，然后道："他就是陈顺实急欲传递的消息，乾隆粉地洋彩福禄齐天瓶，福禄寿三星报喜，就差个寿字！"

"寿……"芦白花喃喃低语良久，怒目圆瞪，"陈顺实暗示他叛变了党组织？”

左侯正待回答，眼角瞥见草屋后面黑影一闪，原来任大寿趁两人说话的间隙，准备偷偷摸摸从后窗逃跑。他当即猱身而起，双手一撑土墙跃出好几米。

“砰砰！”

任大寿连开两枪打在土墙上，芦白花瞄准火光处抬手便是一枪！

“啊哟！”

任大寿中枪踉跄倒地，左侯幽灵般从暗处冒出来，重重压在他身上，缴了手枪，反扭他的双臂。

芦白花快步奔到面前，枪口抵住任大寿的额头喝道：“老实交代，你到底什么来头？！”

任大寿自知大限已至，惨白着脸不作声。

左侯轻笑道：“你们在洛阳有两个组，一个组负责人是黄琦，另一个组就是你任大寿，对不对？”

“你杀害了靳浓？”至此芦白花已想通前后关节，只是还有几处细节需要核实。

任大寿依然紧闭嘴唇，一副视死如归的模样。

左侯道：“不好意思说？没关系，我帮你说，不到之处还请补充……”

由于开封地下党组织里出了叛徒，很快波及洛阳，情报组组长任大寿率先被捕，然后便供出同为洛阳地委负责人的黄琦！

军统想坐等更多人到月黄象牙店自投罗网，故而没有急于抓捕黄琦。

但任大寿被俘变节并供出黄琦的消息还是走漏了风声——侦缉队探员参与了从监视到抓捕的过程，其中就有赵局长安插的亲信。洋行老板陈景泰与赵局长是多年至交，也暗知儿子有可能加入了共党阵营从事秘密活动，有意无意打听并转告了这个重要消息。

陈顺实紧张万分！

他深知黄琦身份暴露的严重性，既关系到芦白花等频繁进入洛阳的外勤人员安危，又影响下面各县以及附近城市的情报网络，可谓牵一发而动全身。

但陈顺实不敢去月黄象牙店示警——黄琦已处于军统秘密监视之下，自己也是重点怀疑对象，贸然前往只会适得其反。

情急之下，他想到借用粉地洋彩瓶传递信息的办法，以“福禄齐天”缺“寿”暗喻任大寿已叛变组织，但找谁送呢？

那天陈顺实捧着瓶子找了几个同学，巧得很都不在家。第二天他觉得不能再拖了，在街上没头苍蝇似的转时一眼看到靳浓！

关于靳浓，陈顺实略知底细：靳浓被当作冤大头高价购买赝品的时候，有几笔账是从川通洋行走的——身为洋行老板，陈景泰一直暗中资助共产党，尤其在银票、汇款等业务方面给予了方便。陈氏父子早就知道靳浓明修栈道、暗度陈仓，抛舍家产资助共产党，私底下对他深为佩服。

靳浓的身份到月黄象牙店合乎情理，且是值得信赖的对象。因此在那家古玩店，并非靳浓偶遇陈顺实来鉴定粉地洋彩瓶，而是陈顺实追随靳浓来到古玩店。

等靳浓出门后陈顺实上前攀谈，主动介绍自己是川通洋行少东家，暗示知道他资助之事，然后请他把粉地洋彩瓶交给黄琦。

靳浓欣然应允。

当天黄琦不在店——经验丰富的黄琦已发觉自己遭到监视，正躲在家里焚烧文件资料，靳浓便将瓶子带回了家。

静下心来把玩瓶子，靳浓惊讶地发现它居然是真品乾隆粉地洋彩福禄齐天瓶！

陈顺实为何委托他人送这尊价值昂贵的瓶子？

不得不说，陈顺实真是误打误撞找对了人！

自从散尽家财，将家人托付给徐复树之后，靳浓便彻底沉下心来为组织服务。他拿五百大洋买下茶庄，却让洛阳地委领导、情报组负责人任大寿当名义上的老板，自己甘当伙计，利用声名狼藉的身份在城里送货兼交换情报，是不折不扣的编外情报员。

论古玩鉴赏真实的水平，靳浓不在黄琦之下，加上熟悉组织内部情况，那天晚上靳浓反复揣摩，心头浮出个可怕的念头——难道任大寿叛变了？！

他第二天利用送货机会经过月黄象牙店，仍没遇到黄琦。奔波大半天后回到芹羽茶庄，靳浓忍不住试探任大寿。

任大寿做贼心虚，感觉靳浓发现了自己的秘密，傍晚打烊后便尾随他到城西郊茅草屋盘根究底。

当晚两人争吵得很激烈。靳浓指责对方贪生怕死，卑劣无耻；任大寿却强调苦衷，表功自己没交代出靳浓，放了他一马。

在这过程中任大寿发现靳浓总是护着那尊瓶子，虽不解其意，但凭直觉认为非常重要，遂动手抢夺。两人撕扭成一团，从屋里纠缠到河边，最终任大寿在争抢瓶子未果之下心生恶念，将靳浓推入河中。

直到临终一刻，靳浓还是死死抱住瓶子！

接下来由于开封那边已评估到叛变带来的影响，急令芦白花赶回洛阳协调黄琦撤离。军统早有准备，激烈交火后黄琦被捕，伊宫承手臂受伤，芦白花侥幸逃离。

抓住黄琦后，军统一方面想撬开他的嘴拿到更多名单，另一方面让任大寿继续履行情报组长职责，以期获得更多利益……

“我没叛变！靳浓不是我杀的！”任大寿坚决否认。

芦白花也觉得不解，“你如何怀疑到他身上？有何证据？”

倘若任大寿真是洛阳地委负责人兼情报组长，且叛变了组织，事情非同小可，不能仅靠含混不清的粉地洋彩瓶就莽撞指证，必须有确凿无疑的铁证才行。

左侯道：“首先案发现场伊宫承的态度让我很奇怪，城西郊一带逢案必查是他提出来的，靳浓的死又明显存在突兀之处，他却摆明想以普通劫财事件结案，大违常理；其次我查案时伊宫承也在暗中追查，偏偏对我封锁消息，如陈顺实的身份、对靳浓的怀疑等；再次伊宫承找来那么多家洋行的账进行清查，却不肯向我透露结果，还是吴探员无意说出靳浓买茶庄一事；最后，在没找到真凶的情况下伊宫承草草结案，表明不打算深究的态度，更是蹊跷，要知道靳浓的死关系到更深层次的矛盾，以军统逢共必反的作风岂会轻易放过？综上所述，伊宫承从开始就知道任大寿的身份，并一直代为遮掩，以榨取其剩余价值！”

“这些都是你的推测……”

芦白花虽拿枪抵着任大寿额头，还是犹豫不决。对方身份太特殊了，她很担心酿成大错。

“不知道你在说什么，这些推断都跟我没关系！”任大寿态度强硬道，大祸临头，他除了坚决否认别无他法。

左侯一笑：“看来非要我拿撒手锏了！”

他从怀里拈出两根头发，在任大寿面前晃了晃，道：“头发是我在靳浓茅草屋前捡的，他是秃顶，与村民素无往来，头发必定是凶手在扭打时留下的，要不要做个鉴定？！”

任大寿脸色“唰”地变了，目光呆滞地看着头发，嘴唇微微颤抖。

“伊宫承到茅草屋勘查后吩咐一把火烧了，表面是防止靳浓留下什么线索，其实他是考虑到你俩打斗过，难免有痕迹，为的是销毁证据！幸好我提前找到两根头发，此外还有粉地洋彩瓶，上缴警局前我已悄悄提取了上面的所有指纹，瓷器表面光滑洁净，指纹非常清晰……白花，要不要进城找人鉴定？”

“走！”芦白花立即起身，“我认识一位西医，家里有全套检测设备。”

“算了……”任大寿颓然道：“芦同志，我……确实背叛了党，背叛了组织，我对不起信任我的领导，还有同志们！我愿意接受惩处……”

“你……你……”芦白花脸上肃杀之气渐浓，神情前所未有地冰冷。

任大寿续道：“是开封那边把我供出来的，我……我只交代了黄琦和情报组两位同志，保护了大多数同志，包括靳浓……军统手段太残酷，实在没法忍受……我可以提供其他同志的名单，以便组织派人过来整合……”

听到这里左侯知趣地回避，走到几百米外仰头看着夜空，远处传来日机掠过天空的轰鸣声和爆炸声。战火，真的快要蔓延到洛阳了。

尾声

等了近半小时，只听到一声低沉的枪声，紧接着芦白花满脸寒霜地走过来。

“处决了？”

“嗯。”

“其实你根本不认识西医，对吗？”左侯问。

“你始终和吴探员一起，又哪有机会提取指纹？指纹一说纯粹诳人！”芦白花道，“而且以现有鉴定技术，没法根据头发判断身份，对不对？”

“彼此彼此。”

两人相视一笑，不约而同看着城里因爆炸燃起的大火，心里油然生出悲怆的感觉。

“我要走了。”芦白花道。

洛阳地委遭到重创，必须尽快派人重新组织、布局，抢在日军侵占洛阳前完成潜伏，为今后敌占区情报刺探工作打下基础。

左侯深沉地说：“白花，听我说一句，大军压境寸草不生，伊宫承也将你列为重点抓捕目标，别再回洛阳了。”

“开封、洛阳两地组织被破坏严重，我肩上担子更重了，所以……”

左侯喟叹，轻轻揽过她道："你瘦多了。"

"你也是。"她难得露出娇弱的模样，倚在他胸前道，"非要等所有东西转移完吗？我怕伊宫承最后关头撕破脸让你拿《月下绛妃图》换命！"

左侯微微摇头，不知是有把握稳住伊宫承，还是否认《月下绛妃图》在手里。

两人在乱树林间漫步，良久，左侯道："此案还有两个小小疑问，期待你出城后设法帮我弄明白。一是靳浓究竟是不是你们的人，或亦是资助者；二是他家人，包括太太、儿子、女儿是否获得徐复树庇护。我很想知道！"

芦白花肃容道："好人自有好报，相信他家人会被徐复树照顾得很好。至于他的身份……无论是不是我们的同志，都将被党组织、被同志们所铭记，他的事迹也将载入史册，让我们的子孙后代永远知道洛阳城有位大公无私、把毕生心血献给伟大事业的老人！"

"是啊，值得敬仰。"左侯道，"也许有朝一日我会效仿，把所有藏品捐出去……"

"真的？"芦白花惊喜地看着他，月光下她的脸庞格外动人。

左侯避开她的目光，"也许吧……"

米芾孤本

楔子

甘港酒家是北大街钟家胡同里一个简陋普通的酒铺。铺内五张小方桌，八九条长凳；门口有两口大酒缸，按勺付钱；菜肴不到十种，价钱不高分量很足，适合手里有几个闲钱又舍不得下馆子的职员。

惨案就发生在甘港酒家。

晚上九点多钟，闭门停业的甘港酒家先后来了三批人，第一批三个人要了两个菜，两坛黄酒；十多分钟后第二批两个人加入其中，喊伙计添了三个菜；几分钟后又来了个人，跟他们坐到一起。

吃了不到五分钟，六个人说着说着吵了起来，声音越吵越大，个个面红耳赤。伙计赶紧上前阻止——宵禁期间原则上不准营业，如若门关起来不让灯光外泄，巡逻队也睁只眼闭只眼，但动静太大就不好了。

谁知竟捅了马蜂窝！

桌边站起个人抡起拳头一下便将伙计打昏在地，接着有人掀翻桌子，一时间碗飞碟碎，六个人厮打成一团。

酒家茅老板正在东面灶台满头大汗地炒菜，见状准备上前拉架，然后看到有人从衣袍里抽出尺把长的砍刀，浑身一颤，知趣地蜷缩在灶台里侧的秸秆堆里。

紧接着刀锋砍入皮肉声、惨叫声、咒骂声、桌凳撞击声混成一团，空气中充斥着浓浓的血腥味！

杀戮终于停歇，茅老板听到有人跑出酒家，之后大堂里便寂然无声。他战战兢兢地伸出头一看，险些吓昏过去——五个人横七竖八地躺在血泊里，遍体鳞伤，刀痕累累，都没有了气息！

凌晨一点半，警察局副局长兼侦缉队长伊宫承率队从城南警戒区赶到凶杀现场，顺路还叫醒了熟睡正酣的左侯。

因为五名死者都来自古玩街，其中有两个还是古玩店掌柜！

第一章

任大寿的尸体在西城区郊荒弃草屋后被发现后，伊宫承与左侯的关系降至冰点。

军统方面根据弹痕判断是芦白花习惯使用的手枪，现场勘查则发现了左侯和她的脚印。

对此，左侯的解释是“被掳”。

伊宫承自然不相信他的鬼话——被掳一次也罢了，问题是每次芦白花到洛阳，左侯都会被掳，这就说不通了。

至于任大寿死因更不可能是左侯所说的“内讧”或“误杀”。让伊宫承感到窝火的是，因为自己隐瞒任大寿叛变并继续潜伏的真相，反倒不便指责左侯“通共”或搅乱军统行动部署之类。

城南警戒区士兵火并事件调查进度缓慢，宪兵队和警备师都拒不配合，一会儿执行任务，一会儿演习，一会儿调防，十天过去了伊宫承还没完全见着参与斗殴的双方士兵，更谈不上深入了解。

重庆方面心急火燎地催促，戴笠也隔三岔五来电报，伊宫承更是无名火起，见谁都不顺眼，左侯则首当其冲。

“不要用奸情掩盖谍情，无论你怎么花言巧语，伙同芦白花为共党地下组织通风报信是确定的，铁证如山！”伊宫承面色冷峻地说。

左侯摇头道：“连芦白花到底是不是共党都没有铁证，再把我扯进去实属牵强。危急当头，局座还是把注意力放到如何组织人手上前线抗日吧。”

无意中被触及士兵火并事件的伤疤，伊宫承喝道：“我自有分寸，轮不到你指手画脚！”

“提个建议而已，局座息怒。”左侯赔笑道。

此时日军分三路南侵，隐隐对洛阳形成合围之势，关键时候国民党第一战区司令长官蒋鼎文、副司令长官汤恩伯等人畏敌退缩，战略意图过早被日军识破，从而陷入战略被动。

别说重庆高层，就是洛阳老百姓都能从点滴细节看出国军溃败之势，知道沦陷是迟早的问题。

风声鹤唳之下，城里店铺陆续停业，官权达贵早已逃之夭夭，稍微有点门路或南方有亲戚的也都千方百计卷了细软跑路。前线下来的伤病员则被运送到更安全的地带，各类战地医院、慈善机构、志愿者营地纷纷后撤，危在旦夕的洛阳已不再是后方大本营。

洛阳城冷清而萧条，治安问题却尤为重要，稍有点风吹草动便会引发恐慌。在这样的背景下，五条人命凶杀案引发了广泛关注，县长深夜打电话给赵局长和伊宫承，要求三天内务必破案，严惩凶手以安定民心。

“每次都限三天，每次都不止三天！”吉普车上，左侯打着哈欠抱怨道，“凶杀案跟民心有个屁关系，打个胜仗比啥都好。”

吴探员偷觑伊宫承脸色，暗中点头却不敢附和。

“这些家伙也真是，有力气跟日本人斗去，跑小酒馆里杀人算什么好汉！”左侯继续道。

伊宫承似睡非睡不予理睬，听任他一路发牢骚到甘港酒家。

死者亲属们都来到现场认尸并接受辖区片警询问，再结合茅老板的供述，可知大致情况如下：

五名死者分别来自古玩街富利文玩店和乔记玉器坊，包括富利文玩店杨老板，护店肖四、邱阿平；乔记玉器坊董老板，护店沈大。逃亡凶手身份不详。

近期古玩街大部分店铺都已停业，富利和乔记却是坚持营业的极少数。战乱时期人们急于换取现银，古玩珠宝贱价处理，越临近沦陷越能捡漏，也相当于刀口舔血的买卖。

两家店铺伙计都不清楚老板跑到甘港这种小酒店干吗。搞古玩至少是中富之家，手里没几千现洋根本玩不转，虽谈不上“谈笑有鸿儒，往来无白丁”，但谈生意、应酬起码也得到洛阳大酒店等场合，去甘港酒家是非常跌份的事。

杨、董两位老板不约而同地带着保镖性质的护店赴约，且茅老板说案发时除了凶手使的砍刀，还见到了匕首、短棍等武器，可见都怀有警惕之意，谈的事情也极为隐秘和危险。

古玩老板们凑到一块儿，当然与古玩有关。

什么古玩能让杨、董两人违反宵禁规定，带着护店以身犯险呢？

由于生意清淡，富利现只有杨老板、伙计老黄和护店邱阿平三人；乔记索性把伙计都打发回家，就剩下董老板和沈大看店。

据老黄说，昨天傍晚董老板来过富利——两家店相隔十几米，经常串门，把杨老板拉到旁边鬼鬼祟祟不知说了些什么，然后一起出去，隔了四十分钟左右才回来。

“会不会去了乔记？”吴探员问。

老黄谨慎地表示自己始终坐在柜台里，没看清楚不能乱说。

“以前两人合伙做过古玩买卖吗？”吴探员又问。

“那是常有的事儿。”老黄道，“董老板原本跟我们杨老板在一家店做学徒，后来又都在古玩街开店，经常来往，碰到大件自个儿吃不下的就合起来买，总之关系很好。”

“那么昨晚他们有可能是一起跟卖家见面？以前有没有类似情况，白天谈不成就放到晚上边喝酒边谈？”

“这个……”老黄啧啧嘴，“我只是伙计，在店里打打下手，生意方面主要是老板过问。”

伊宫承一拍桌子，喝道：“你就回答有还是没有！”

老黄吓得一个激灵，“有，有的，他俩经常一块儿喝酒，但谈不谈生意我不知道，真不知道！”

做古玩不像其他行业明码标价，全靠老板的眼力，遇到愿意指点的还好些，遇到口风紧且小家子气的老板，伙计纯粹充当看店和打打下手的角色，根本不可能参与古玩店经营。

吴探员又问了些问题，老黄有问必答但似是而非，对案情并无帮助。

两个老板的亲属都不懂古玩，也不参与经营，能提供的信息还不如老黄。

至于逃亡凶手的长相，茅老板因为一直在灶台忙碌根本没看见。被打昏的伙计醒来后回忆了好长时间，依稀记得凶手就是来得最晚的客人，打昏自己的也是他。

至于具体模样，由于灯光昏暗加之凶手刻意遮挡，进酒家时戴了顶宽檐大毡帽，又坐在背光位置，伙计看得不是很清楚。

“三十多岁吧，毡帽脱掉后发现他头发很密，络腮胡子，身体蛮壮实，左手拿筷子……”

“五官长什么样子？”见他说得不着边际，吴探员提醒道。

伙计为难地摸摸后脑勺，“没……没太注意呀，坐下后他不怎么说话，都是中间两个人说，他的脸正好处于房梁阴影里，反正……反正挺那个的……”

左侯耐心地问：“挺哪个？”

“就是有点……让人害怕的味道。”

“刚开始他们谈了些什么？后来为何争吵？”吴探员接着问。

“就是啥东西值多少钱，说得挺高兴。凶手来了之后声音压得很低，主要是中间两人说，然后不知道凶手说了两句什么，几个人都激动起来，指着凶手鼻子骂……”

“骂的什么内容？”

“很乱很吵，我也没太在意。”伙计为难地说，“毕竟，在我们这种小店喝酒吃饭吵架是常事，不吵倒不正常了……好像骂凶手不讲信用什么的，好像还提到订金。凶手声音很低，听起来很诧异的样子，没说两句就被他们打断，有人挽起袖子要动手，然后我就跑过去了……”

“是不是你刚站到旁边制止，凶手就站起身挥拳把你打昏了？”伊宫承问道。

伙计点点头，“感觉当时他已经准备动手，我正好触了霉头。这几个人怀里都揣了家伙，噢，除了中间两个，看上去是老板的样子。”

他说的中间两个就是指杨老板和董老板。

对于当晚六个人，伙计说以前都从未来过，也没在附近见过他们，但三批人先后抵达说明事先约定好了，八成看中了甘港酒家的位置——位于幽静的胡同深处，向左是洛阳城市主干道北大街，向右则是迷宫般的巷道，可以很轻松地甩脱追兵。

吴探员带人在巷子里走了走，发现共有十七个出口通向后街，街道虽不及北大街宽阔，但若夜晚事先准备好马车或汽车，行凶后便可从容脱身，就算当时有警探全力追捕也赶不上。

从选择甘港酒家见面到携带砍刀，以及复杂的巷道和便于潜逃的后街，可见凶手早有预谋。

左侯的判断是，凶手故意到乔记玉器坊“露白”——即展示价值昂贵的古玩精品，却装出懵懂的样子。董老板暗暗窃喜，急忙找杨老板商议，然后双方约定晚上九点后到甘港酒家交易，一手交钱，一手交货。

为显示诚意，董老板还给了订金。

凶手自然是引君入瓮，杨、董两人却也不怀好意——带了三名护店且暗藏武器，说明存有价钱谈不妥就硬来的意图。

古玩交易向来讲究光明正大，有第三方公证，时间、地点、交易双方身份必须清清楚楚，以便日后转手有个交代。

像杨、董两人偷偷摸摸的举动，本身就不正常。要么看准凶手不识货，要么凶手拿的古玩是“脏品”，两人打算黑吃黑。

死者配合凶手隐匿行踪封锁消息，凡略知内情的都血溅当场，使得这桩案子从开始就陷入僵局。

第二章

回到警察局天已微明，回笼觉是睡不成了，左侯捧着咖啡杯参加了伊宫承主持的案情分析会。出乎意料的是，向来不干预侦缉队事务的赵局长居然腆着大肚子坐在当中。

压力层层传递，连疏于问事的赵局长都沉不住气了。

讨论了一个多小时，最终形成两派意见：吴探员等人建议发通缉令、张贴悬赏公告，组成若干便衣组走街串户搜捕；王探员等人觉得没弄清凶手前不宜大张旗鼓抓人，还得先埋头查清案情。

吴探员是探员里的老油条，遇事能推则推，这种杀人案一旦发了通缉令就等于束之高阁。王探员毕竟年轻做事认真，脑子多少还有点正义感，不想办成一桩糊涂案。

按官场规矩，伊宫承请赵局长定夺，赵局长模棱两可地说不管哪套方案，总之务必保证三天内缉拿凶手，这是原则！

谁不会说啊！伊宫承拍板道，大敌当前，洛阳城绝不能乱，凶手这个节骨眼上丧心病狂连杀五人，影响极其恶劣，是可忍孰不可忍，必须追查到底绝不姑息！当然城南警戒区斗殴事件调查也不能松劲，从今天起，侦缉队一分为二，老吴带部分弟兄去城南，我亲自主抓这起凶杀案，两桩事都必须三天内完成！

好一个金蝉脱壳！

看着吴探员惊愕的表情，左侯暗自好笑：谁叫你关键时刻不知趣地拖后腿，伊宫承正好从城南那边脱身，把担子压到你头上！

散会后赵局长把左侯叫住，等所有人都离开会议室后问："那个……你对唐宋字画有没有研究？"

"哟，那可是冷门啊局座，唐宋字画有不少用的是绢，绢保存时间不如纸，百年以上就变得糟脆没有韧性。宋绢因为裱托得好还凑合，明代初期的绢压根不能碰，一碰就碎。"

赵局长眨巴着眼睛说："也有用纸的吧，不是有那个什么……宣纸？"

"局座博学！"左侯顺势大拍马屁，"宣纸价格昂贵，只有宫廷和权贵达富用得起，普通人大都是用麻纸。无论如何，与明清相比，唐宋年代久远，瓷器、玉器还能保存些，字画非常稀少，尤其名人字画更是凤毛麟角……局座手里有啥唐宋宝贝，拿出来让我们开开眼？"

"没，没，随便问问。"赵局长道，"譬如唐宋那些个名人的字画，市场上大概值多少钱？"

"基本上历史上有据可查的，出价起码十万以上。唐宋八大家那种等级的没法算，凡是真迹都是国宝。"

"国宝也有三六九等吧？"赵局长追问道。

"百万以上，无一例外。"左侯敷衍道。

"噢，噢，是这样啊……"赵局长倒背着手，腆着大肚子走了。

伊宫承对赵局长和左侯私下聊什么丝毫不感兴趣，他把左侯叫到办公室里径直说，跟我跑趟古玩街，了解下两个老板的底细。

“什么底细？”左侯问。

“不在店里谈生意，黑灯瞎火地带着打手到偏僻小酒馆里交易，伺机干坏事，看样子杨、董二人不是第一次干这事儿。盘盘两人的底，看看以前有没有结过仇家，没准能查到线索。”

“对了，死者身上有现洋吗？”

伊宫承说：“检查过了，没有，或许被凶手搜刮走了，或许压根没打算付钱，而是动手硬抢。”

“是强盗遇到土匪，地道的黑吃黑啊。”左侯笑道。

往昔游客如织的古玩街，如今一眼能望到街尽头，坚持营业的店铺越发稀少，沿途遇到的唐古斋、撷云阁等名店掌柜都哀叹撑不下去了，打算盘点完库存就遣散伙计，关门大吉。

连续走访了富利文玩店和乔记玉器坊附近的四五家店铺，都说杨、董两人交情很深，走动频繁，也经常合伙做买卖。相比之下其他店铺与他们交流倒很少，也没有深交，不太了解详情。

“听说两人以前同在万乾堂做过学徒，每天凌晨四点多出去抬水劈柴烧水，确实是一块儿苦出来的友谊。”隔壁店主边忙着包扎盒子边说，据说他下午就准备关门回湖北老家了。

万乾堂位于东大街中端最繁华地段，古色古香的庭院式门面，雕花窗棂斗檐飞角，大堂高悬的“万乾堂”三个金漆行草，是清同治年间洛阳状元宗以渐亲笔所书。

洛阳古玩圈里论规模和名气最强要数唐古斋，可论历史悠久，谁也比不上乾隆年间就开张的万乾堂，因而它也素以传统、正道自居，不肯搬到客流量大、生意火爆的古玩街。

正门紧闭，两人从东侧小门进去，院里正停着三辆马车，大箱小柜摆得老高，看来也要举家远迁。

万老板忙中抽空接待了伊宫承，提及杨、董两人时想了会儿，说是他们在万乾堂做过学徒，时间不长，没出师就一起离开去古玩街开店，这种情况在业内并不多见……

“怎么讲？”伊宫承皱眉问。

左侯解释道：“通常同行会认为这是行为不检点被东家扫地出门，从而被有意无意地冷落和边缘化。”

万老板连忙说：“他俩并未行为不检点，而是……怎么说呢，好像手里突然有了笔钱，然后急着自立门户去了。学徒嘛，家境一般都很清苦，不然哪家父母舍得把孩子送进来吃苦对不对？”

“哪儿来的钱？”伊宫承立即问，“会不会捡了大漏？”

“才当了两年学徒懂什么……”万老板不以为然地一哂，“再说他俩都没资格站店，哪儿有机会接触卖家？”

“那他俩平时干吗？”

“打扫店里店外、跑跑腿，后院杂活儿多着呢，从早忙到晚。”万老板道，“一班学徒里就数他俩心眼多，成天眼珠转来转去，贼溜溜的……”

出了门，伊宫承沉声道：“两人开店的钱来路不正，不是捡漏就是钻了万乾堂的空子——这家店人来人往甚是热闹，万老板不可能随时盯着他俩。”

左侯难得意见一致，“局座所言极是。别说家境贫寒，就是小户殷富之家都凑不起开古玩店的本钱，他俩必定发了笔横财。”

“开了店再成家，妻儿老小根本不知情，难怪什么都问不出！”伊宫承道，“古玩圈的水真不是一般的深！”

“局座可不能一篙子打死一船人啊！古玩圈还是正直善良的人多些，比如我。”左侯道。

伊宫承冷笑，站在街头环顾四周，道：“等抓到芦白花，看我不把你的皮剥下来！”

根据甘港酒家伙计的描述，画师模拟出凶手相貌草图，又将伙计叫过去反复修改，定稿后挂在会议室正中。

“咦，很像保安队的姚庆宗姚队啊！”王探员歪着头打量了好半天，疑惑道。

“是啊是啊，不说想不到，越说越像。”

“特别是鼻子和嘴，线条特别像。”

“他平时就喜欢戴帽子，至于络腮胡子嘛，可以化装的。”

“可……”李探员犹豫道，“关键问题是，姚队不是左撇子！”

大家都愣住了。

左侯轻飘飘地说道：“以姚队的身手冒充左撇子根本不是事儿，反正他左右手都厉害。”

“老李，请姚队过来谈谈，客气点。”伊宫承命令道。

保安队和侦缉队同属洛阳警察局直属大队，姚副队亦是资深警员，从普通保安队员一步步升至副队长，饶是身兼警察局副局长的伊宫承也忌惮他三分。

查案查到自家人是最麻烦的事，既绕不过去，又不能手软。

为避免正面冲突，伊宫承关照左侯出面盘问——挂着顾问头衔的左侯毕竟是外人，免得日后尴尬，伊宫承则去了保安队傅队的办公室。

三言两语介绍完案情后，傅队眉毛揪成一团，道：“伊宫局长，我跟姚队相处六年了，从未发现他对古玩有兴趣，也从未见他逛过古玩街。要说姚队约两个古玩店老板在小店喝酒谈生意，恐怕保安队每个弟兄都认为是笑话。”

傅队这是拿整个保安队为姚副队作担保。

伊宫承却也不是吓大的，副局长头衔固然不足以压制傅队，但军统驻洛阳特派员的身份才是大杀器，随便安个“通共通谍”罪名，逮谁灭谁！

“傅队，办案从来不问口碑，只看证据，这也就自家人才用个‘请’字，换普通百姓早五花大绑关牢里去了。”伊宫承冷冰冰地说道，“要是证明跟姚队无关，我摆酒向保安队弟兄们赔罪，但要是有罪，可怪不得我翻脸无情！五条人命，戴老板催得紧，赵局长亲自督办，我也没办法！”

见对方抬出大魔头戴笠，傅队也有点恐惧，缓和语气道：“保安队里姚队是出了名的好人，平时都很少见他红脸，一口气杀五个人未免太……”

据傅队介绍，姚副队是地道的洛阳本城人，家住城北梨花街秋棠胡同，去年底老婆因病离世，目前和十多岁的儿子相依为命。姚副队做事有板有眼、认真负责，凡他办的差事都有始有终，从不敷衍塞责，是保安队挑大梁的中坚力量。

“他身手怎样？”伊宫承问。

“当警察前在少林寺练了三四年，武功底子扎实，对付四五条汉子不在话下……”傅队意识到这句话对姚副队极为不利，赶紧岔开道，“主要是那年家里出了点事，他深受刺激气愤得要出家，幸好少林僧人反复劝解，后来同意不剃度，以俗家弟子身份在外室习武……”

“什么事？”

傅队叹了口气，“他祖坟被人刨了！”

第三章

姚家以前也是洛阳大宗族，民国初期逐渐衰落，但城北郊仍有姚家宗祠，附近则是以姚氏家族为主的墓地，洛阳人都称之为姚家墓地。

姚副队是其中一个旁支，亲眷的墓地位于风水相对差些的西北角边缘，排列同样严格按照家谱次序，非常讲究。

他十九岁那年父亲病逝，灵柩抬到墓地下葬时陡地发现曾祖父墓碑歪倒在地，坟头被挖得惨不忍睹，墓里棺木四分五裂，旁边还有个又深又大的盗洞！

洛阳地处中华文明繁荣发源地的中原地区，古墓群众多，而且经常有古墓叠古墓的独特现象。盗墓者一旦掌握线索，便毫不留情，直接从最上面的墓里打盗洞直贯而下。

祖坟被刨那还了得?！姚副队先怒火冲天地跟守墓人打了一架，然后跑回城里报警。

在洛阳地区，盗墓乃是家常便饭，警察局根本没当回事，仅派了两名警探，找附近有经验的村民垂绳而下，顺着盗洞下去，爬了十多米居然来到右侧赵家墓地下面。赵家更是洛阳城大宗族，村民不敢深入，便循原路返回。

警探草草做了笔录后就束之高阁，姚副队跑得腿都快断掉了也没人管，一怒之下就去了少林寺……

学武归来后他被招入保安队，十多年来始终没忘了追查祖坟被刨之事，但一直没有线索。

“可以说，除了刨祖坟的事之外，他就从没跟人急过眼，是警察局公认的好人。”傅队最后总结道。

伊宫承点点头，“好人……”

另一侧，左侯以顾问身份接待了姚副队，开宗明义地说那桩命案有人指认凶手跟你模样差不多，都是警察啥废话都甭说，谈谈你昨晚的行踪吧。

姚副队并未恼怒，或许心里早有准备吧，略一思忖道，昨晚和保安队几个弟兄在东大街上元酒家喝酒，喝得挺高，都走不动了，是坐车回家的。

“吃完大概几点？”左侯问。

“没看时间，九点左右吧。”

左侯叹道：“这么说姚队没法证明清白啊。因为凶手就在晚上九点半左右到的甘港酒家。从上元酒家到甘港酒家，也就二十多分钟车程。”

姚副队不动声色地说道：“是这个理儿，不过身为警察总不能为摆脱嫌疑撒谎，凡事得讲证人证据。”

左侯听懂他的暗示：即便模样长得像，没有确凿证据也不能随意抓人。他也不生气，东拉西扯地问了些问题，便客客气气地将姚副队送出门。

“出来吧，看清样子了吗？”左侯冲躲在外面窗边的伙计道。

伙计面有难色，“个头、长相是蛮像的，不过……总觉得不太一样……”

“是不是因为络腮胡子和头发？”左侯循循善诱，“如果从图上擦掉呢，你再想想像不像？”

“嗯……”伙计抓耳挠腮不知说什么才好，犹豫半晌期期艾艾道，“长官大人，其实我只看了凶手两眼，进门时他帽檐压得低，后来他坐在房梁暗处，由始至终没说过话，没看到正脸，也没对着眼……人家又没有明显特征，好比刀疤、龅牙、金鱼眼什么的……”

“就是说跟凶手长得很像，但不敢确定，是不是？”左侯问。

伙计如释重负，“哎，是的是的。”

打发走伙计，伊宫承也从傅队那边回来，两下一合计觉得姚副队和伙计说的同一个道理，即眼见未必为实，除非有直接证据。

“五具尸体上血迹斑斑，有没有凶手的血？如果有，两下对比就知道了。”左侯问。

伊宫承道：“法医已查过了，没有。血迹主要来自沈大，他主动脉被砍，鲜血向外喷射，其他人身上几乎都是他的血。至于茅老板所看到的厮打，主要是凶手与三个护店的较量，杨、董两人刚开始就受了伤并试图逃跑，尸体倒在靠门的地方。”

“看来只能从当年盗墓案着手了，又是一桩漫长的调查。”左侯道，“我倒有耐心，不知日军给不给时间。”

伊宫承瞪眼道：“你只需尽自己本分，管那么多干吗？快去找你那些狐朋狗友，王探员配合！”

“配合？顺便监视吧。”

“知道就好。”

踌躇再三，左侯打消了独自前往的念头——时下洛阳城并不太平，乱世情绪下人会干出很多极端的事，还是小心为妙。遂请王探员扮成跟班，两人来到古玩东街的小茶壶店，那是专打盗洞的高手祁一洞的秘密据点。

上次清墓明器案中，祁一洞打错盗洞，阴差阳错地破获了日本间谍案，伊宫承说一洞抵一洞，放了他一马。

之后战事吃紧，城郊大部分古墓区被划为军事警戒区，加之人心惶惶，没人有心思盗墓，祁一洞没了生意，索性闭门休养。

“打算何时离城？”左侯问，这是时下洛阳人遇到后寒暄的第一句话。

“再挨几天吧，没准能挺过去呢。”祁一洞一瞥在院里转悠的王探员，“又有啥麻烦？”

“十多年前保安队姚队祖坟被刨，这事儿你有印象？”

“唔，他进保安队没多久，还不是副队的时候就找过我，没办法，谁叫咱活儿好名气大呢——我陪他去过墓地，盗洞打得很没水平，一看就知是外行干的。开始是从姚队曾祖父墓下去，谁知失了准头居然打到了赵家墓地下面，真是笑话！”

“那个盗洞还在？”

“早被姚队夯得结结实实，赵家那边也做足了措施，如今半点痕迹都没了。再说，城北郊早划为军事警戒区，你没法看现场。”

“盗墓者到底想干什么？”

祁一洞拿笔画了个草图，比画道：“本意是盗隔壁姚家另一个曾祖辈墓底下的明墓，那个区域可能当初下葬时人为设置了障碍，无法直贯而下，只能从姚队曾祖父这边入手。由于外行嘛，下去后失掉方向挖到赵家那边去了。”

“明墓主人是谁？”

“说起来有点来头，是明宪宗年间嘉议大夫南京都察院左都御史邵坚，老家洛阳，不知何故被人查到了墓葬具体位置。”

左侯吃惊道：“那挺厉害？当年出尽风头的海瑞也官至南京都察院，任右都御史，正二品高官。可想而知墓里藏品丰富，盗墓者发达了！”

“可惜姚队带我去的时候已是几年后，该封的都封了，啥都没看到，不然还能见识一下明代二品高官的墓藏呢。”祁一洞遗憾地说。

“他查到什么线索？”

“他想知道盗洞是谁打的，得知外行动的手便没说什么。圈里人传闻姚队一直在四处打听几年前市面出现哪些明代古玩，走访了不少古玩店和鉴定师，包括当时小有名气的宋楚云。”

“哦，有没有收获？”

“后来没关注。”祁一洞道，“听说有人曾拿着米芾明拓本给宋楚云鉴定，后来又说不是拓本，根本就是真迹，也就那一说。”

米芾是宋代书法大家，与蔡襄、苏轼、黄庭坚合称“宋四家”，宋徽宗诏为书画学博士。他流传下来的作品很少，明代以后其书法真迹基本绝迹，后人练习米芾的字都从碑刻拓片得来。即便是他的元代拓本都能卖很高的价格，倘若是真迹那就跟唐寅的画一样当列为国宝级古玩，为无价之宝。

提到米芾，祁一洞觉得不靠谱，也就失去关注的兴趣了。

而后，他们又马不停蹄来到宋府，宅院里人来人往乱糟糟一片，不消说，宋楚云也准备举家远迁了。

“再晚一天，宋某就在数百里之外了。”宋楚云打量左侯，道，“左顾问非警局中人，闲云野鹤身份难道也……”

言下之意何必跟伊宫承坐一条船等死。

“多谢大师牵挂。”左侯并未接茬，转而问道，“听说大师曾鉴定过米芾明拓本，那是否与姚队祖坟被刨事件有关？”

宋楚云“噢”了一声，沉思良久缓缓道：“米芾书法风格独特，讲究气势，既飘逸超迈又沉着痛快，还有跌宕跳跃的风姿和俊快飞扬的神气，无论如何模仿都难以神似，更难达到其‘刷字’精髓，故而市面上米芾的仿作极少，这一点左顾问深有同感吧？”

左侯心知时间久了难免被宋楚云察觉老底，脸一红含糊道：“大师高明。”

“并非拓本，宋某所见为米芾大字《墨林赋》摹本。米芾的大字写得比小字好，流传至今的寥寥数篇都是小字，《墨林赋》算作大字孤本。当日宋某见了欣喜万分，追问摹本来源以佐证真伪，对方却支支吾吾，再三核实确为米芾所书后便扔下银洋匆匆告辞……”

“也有传闻说不是摹本，根本就是真迹孤本？”

“的确是摹片，无论纸质、笔锋，还是起转承合都看得出，但……”宋楚云斟酌片刻道，“宋某曾在上海见过《墨林赋》元代拓片，清晰度和传神程度远不及这个摹本。左顾问也精于此道，想必知晓其中反常之处。”

“元代拓片用纸做工均为普通，到了明代讲究起来，严格按照宋拓标准捶拓，纸墨也甚为精良。纵使如此，碑碣、金石等年代越远越模糊，不管做工如何，摹本依据的肯定胜过元代拓片才对。”

宋楚云微微笑道：“个中细微，唯有说给左顾问，换个普通人根本不知所云。”

“摹本是什么年代？”

“不出十天！”宋楚云斩钉截铁道，“虽说摹本刻意做过旧，伪作清代，但怎瞒得过宋某的眼睛！”

“姚队不知道此事？”

“米芾大字摹本出现前，市面突然涌出一批明代古玩，如铜佛像、宣德炉、砚台玉器等，圈里暗传掘自某明代高官古墓。姚队找上门后宋某知无不言，如实相告。”

“姚队于古玩是外行，掌握这些信息也无从下手。但以大师在圈中人脉，想必知晓卖家身份？”左侯索性将话挑明了。

宋楚云微微一笑：“当年姚队问过就算，事后并未深究，宋某自然不会主动跑到警察局告状。事实上卖家没有露面，而是委托中介进行的交易……”

“哪位中介？”

“古玩圈里最值得信赖的中介是鉴定师，洛阳圈愿意接手脏货的鉴定师并不多。”宋楚云点到为止，不再多说。

左侯心领神会笑了笑，和王探员直奔下一站。

洛阳圈子内有一位鉴定功力与宋楚云差不多，名气却远远不及，因为他经常为了钱不顾身份地鉴定盗自古墓的脏货。

他就是资深鉴定师吴郁明。

之前青铜圆罍案里，左侯送给傅小明一幅《寒山垂钓图》，吴郁明不到三分钟就鉴定为赝品，功力可见一斑。

第四章

伊宫承坐在办公室想了很久，叫来李探员。

李探员在侦缉队的资历仅次于吴探员，已干了近二十年，对警察局上到局长下到警员的掌故渊源了如指掌。

“找保安队里跟姚队不对付的打听打听，犯这么大事，不可能一点痕迹都没有。”伊宫承道。

“保安队喜欢吃拿卡要、勒索商家的都不喜欢姚队，他不但自己不参与，还挡人家财路，像徐大宝那几个不知跟姚队吵多少回了，每次都是傅队当和事佬。”

“徐大宝不是赵局长的远房亲戚吗？”

李探员道：“要不是这层关系，姚队早把他开掉了。”

“徐大宝不是喜欢吃喝吗？中午找他喝酒顺便给几个小钱，设法弄点内幕消息，费用全报！”伊宫承道。

李探员邀了徐大宝等四五个保安队员，坐下后三两酒下肚，不等李探员试探，他们便主动打开话匣子抖搂姚副队的隐私——都是老江湖，徐大宝怎会不知李探员请客的用意？从他们角度讲，侦缉队能拿下姚副队是求之不得的大好事！

滔滔不绝地说了近两个小时，喝完酒徐大宝他们走路都不利索了，踉踉跄跄相互搀扶着到对面泡澡。吴探员则立即赶回警察局报告第一手资料——

第一，姚副队进入保安队后一直在私下调查祖坟被刨之事，凡有盗墓案必定第一时间赶到现场并设法参与审讯，有时甚至会悄悄到牢里跟盗墓贼聊天。

第二，最近一段时间姚副队行踪有些诡秘，好几次紧急行动都找不着人，有时却又悄无声息地坐在办公室里发呆，似乎遇到了天大的难题。

第三，姚副队不是左撇子，但左右手都使得好刀法，奔跑速度也快得出奇，几年前他无意中泄露这是在少林寺时每天腿上绑沙袋挑水上山练出的好身法。

另外，徐大宝透露，姚副队在保安队里有个帮手叫姚艾，也是姚氏宗族的，跟姚副队拐弯抹角沾点亲，对刨祖坟的事也是义愤填膺，暗中帮忙做了不少事。

“再叫两个人盯着，等姚艾落单把他抓起来秘密审讯！”伊宫承咬紧牙关道。

李探员连忙摇手，“局座可得慎重些。姚艾是赵局长弄进来的人，他父亲以前任警察局总务，与时任保安队长的赵局走得很近……”

“关系有点复杂嘛！”

“傅队长是保安司令部硬塞进来的，赵局长并不喜欢，拉一帮打一帮，自然更重用姚副队。”

警察局下辖侦缉队、保安队、水警队和消防卫生队，两个最有影响力的队长偏偏不是自己委任的亲信，赵局长也真够郁闷。

不过又想到日军大兵压境，洛阳危在旦夕，到时是否玉石俱焚城破人亡还说不准，这种时候，人事纠葛、权力斗争又有何意义？

“抓！时不我待，案子不能拖了！”伊宫承断然道。

机会说来就来，下午四点多钟，姚艾跟随姚副队值勤结束回局，一个人到马路对面买点心。

早守在暗处的李探员一挥手，发动吉普车堵在店门口，两名探员如狼似虎地扑了过去！

姚艾下意识拔枪，左侧探员抢先半步按在他腰际，右侧探员举枪指着他脑门：“老实点，子弹可不长眼睛！”

尽管两人穿了便衣，姚艾怎会不认识是侦缉队的？也明白八成是为姚副队行凶嫌疑而来，当机立断将手里两袋麻花扔过去，飞脚踹开右侧探员，拼命往警察局大门跑！

姚艾算准对方要抓活口，况且也不敢在警察局对面开枪。

右侧探员没料到他竟敢反抗，挨了一脚竟反应不过来；左侧探员立即绕过去拦截。

“袭警啦！袭警啦！”姚艾边跑边大声呼救。

坐在吉普车里的李探员见状愣住，一时想不出对策，眼睁睁看着姚艾飞快地跑过马路冲向警察局大门。

“轧——”

蓦地对面传来尖厉的刹车声，又一辆吉普车不知从哪儿钻出来，画了道弧线从姚艾身边擦过！

虽然只是轻轻擦碰，但车速太快了，而且姚艾也在疾奔当中根本来不及收势，“嘭”的一声，竟被撞出七八米之外！

“快动手！”

吉普车窗里现出伊宫承的冷脸。

李探员等人如梦初醒，赶紧围上前将姚艾拖上车，两辆车随即疾驰而去。

警察局里，正在喝茶的姚副队听到动静，抄起手枪、警笛飞奔出门，但到马路当中时吉普车已经拐弯，只留下路面斑斑血迹。

“妈的！”姚副队铁青着脸骂道，隐隐觉得不妙。

这时，赵局长在一帮警官前呼后拥下从楼道里出来，见姚副队神色不对便停下询问，得知姚艾在警察局大门前被绑架大为震怒，骂道：“被人家欺负上门还站着发愣，你们都是吃干饭的不成？快给我追，全城搜捕，不找到不准收队！”

局长大人发了话，自然要全局动员！

侦缉队、保安队等各所警探全部出动，在整个洛阳城设置了诸多卡口展开严密盘查。姚副队其实怀疑是伊宫承干的，重兵包围军统驻洛阳办事处，派了两名保安上前敲门要求进去搜查。

但军统驻各地办事处向来相当于法外之地，不归地方警局管辖，俨然凌驾于司法和政府机构之上。

不用说伊宫承本身就兼任警察局副局长，就是不兼，警察也休想踏入办事处半步！

何况里面有大量极其敏感和重要的情报资料，哪怕泄露一点点都会导致非常严重的后果！

军统特务们杀气腾腾地堵在门口，誓言除非从自己尸体上踏过去，与此同时内务急电重庆。不出十分钟赵局长便接到戴笠亲自打来的电话，怒吼道：“大敌当前不团结一致反而家里内讧，成何体统？给老子把人撤了，回头再论处各自责任！”

面对强势凶悍的军统头子，赵局长只有擦汗赔罪的份儿，哪敢多说半个字，唯唯诺诺一迭声答应。

就在军统办事处门前剑拔弩张之际，左侯和王探员费尽周折，终于寻到吴郁明的住处。

由于经常鉴定脏货，吴郁明不敢像宋楚云那样稳坐大宅待客上门，而是狡兔三窟，打一枪换一个地方。

不过换来换去还是在古玩街，毕竟这里人流量最大，潜在客户最多。身为鉴定师，尤其吴郁明这样看重钱财的人，自然舍不得轻易放弃这块风水宝地。

他们来到僻静的巷子尽头，在伙计带领下敲门进入破旧不堪的院里。绕过砖雕影壁墙，是个七八平方米的院子，收拾得干净而简朴，没有寻常庭院惯有的盆景花卉，这透露出两个信息：一是主人不常住这儿；二是主人不喜奢侈，不愿在无谓的地方花钱。

来到内院，堂屋里八仙桌上平摊着一幅画，五六个身份不凡的身着长袍马褂者沉着脸跟吴郁明理论，应是鉴定方面的纠纷。

左侯认识其中一人是洛阳收藏家骆洋，木材商，属于典型的怀疑派，不管什么古玩拿到手首先认定是赝品，只要逮住一个细节就弃之敝屣。左侯进去团团打了招呼，三言两语便弄清原委：半个月前吴郁明为中介促成一笔古玩交易——清代顺治皇帝的御题画《雨竹图》。

相比康熙乾隆，顺治的书画水平稍逊一筹，但由于在位时间短，流传于世的作品少，物以稀为贵，民国以来开始受到藏家青睐。《雨竹图》是顺治嘉奖大学士金之俊而作，名为“雨竹”，却未画下雨，而是着力表现竹子在雨中的风姿，以及竹干、竹叶上滚动的水珠，构思精巧，创意独特，是顺治皇帝书画中的精品。

画上有金家历代主人的收藏名章，变卖则通过正规拍卖行，可谓来源清晰，脉络分明。

吴郁明认定真品后作了背书，以六千大洋卖给山陕会馆梁会长，应该说价格还算公道，符合顺治书画的行情。

梁会长不擅收藏，买古玩纯属充门面，不料落到骆洋眼里非说是赝品，便上门找吴郁明算账。

左侯戴上手套凑上前细细看了看画，笑道："骆先生有何高见？"

"高见没有，低见倒有一些。"骆洋指着画面右侧枝叶道，"譬如这根竹枝本来想画成斜向下，但下笔时犹豫不决，画到一半才发现影响右半面意境，遂戛然而止，而后又有人将竹枝分为两个节杈，弥补原来差错。类似情况在画面下部也有，两块石头，以及一簇小草都被加工过，明显两个人画的！"

吴郁明承认骆洋说的没错，强调道："画上用的是顺治皇帝御用印章，印泥清楚，印字雄浑，应是真品无疑。"

骆洋轻蔑道："大路道理人人都懂，说了等于没说。目前已知的顺治画作印章都是'顺治乙未御笔'——他专门为乙未年书画创作镌刻的年款印，造假者也知道这个，凡做顺治赝品都用乙未年款，不能作为鉴定依据。"

同行几位藏家都点头称是，吴郁明汗流浃背。这幅画实际上他已自己买断，倘若证实为赝品，除了经济损失，声誉也会遭到极大影响。

"左顾问怎么看？"吴郁明将最后希望押到左侯身上。

"此画确有修补的痕迹，应为两人合作无疑。"

吴郁明的心沉到谷底，声音都有些打战："左顾问认为是谁的作品？有无市场价值？"

"以我个人观点，它应是顺治皇帝所作。"

此言一出在场之人全都哗然！

第五章

“啊！”

堂屋里惊讶声一片，骆洋笑道：“你刚才还说是两人合作，转眼又变成顺治皇帝所作，岂不是自己打自己的耳光？”

左侯不以为忤，道：“顺治十二年户部尚书叫戴明说，河北沧州人，崇祯七年考中进士，清初任刑部左侍郎。戴明说善画墨笔竹石，亦工山水，画风深受董其昌影响，其画墨气淋漓、笔致饱满，为当时书画名家。顺治皇帝很欣赏他的作品，曾赐银质印章。顺治皇帝的绘画得到戴明说引导和指点，现存顺治皇帝所绘的山水竹石画，个别较为稚拙并不十分在行的笔墨间有些很精纯的笔法掺杂其中，应是经戴明说润色而成，后期有些御题书画甚至就是戴明说代笔，加盖‘顺治乙未御笔’而成。按古玩圈行规，只要印章款识齐全，质地年份对得上号，都能算作顺治皇帝的作品。”

藏家低声交换看法，最终包括骆洋在内都勉强同意了左侯的说法，谈笑风生间一场风波化于无形。

骆洋等人离开后，吴郁明深鞠一躬，满脸堆笑道：“今天多亏左顾问力挽狂澜，不然真要错把冯京当马凉。左顾问果真眼力锐利、史学渊博，上次鉴定《寒山垂钓图》时多有得罪，在下唐突了！”

“那个明明是赝品，不能叫吴大师砸了自家招牌啊。”左侯笑嘻嘻道。

吴郁明亲手斟了杯极品龙井端上，道：“左顾问今日前来……只要吴某帮得上忙的，必定鼎力相助！”

“关于米芾大字摹本！”

听到“米芾”两个字，吴郁明的小眼睛瞪得老大，吃惊地盯着左侯打量了好半天，吃吃道：“那……那可是宋楚云鉴定的啊，跟我没关系！”

左侯微微一笑，“我觉得有关系，你说呢？”

吴郁明更加慌乱，心烦意乱地在堂屋里走了几个来回，陡地大步走到左侯面前压低声音道：“怎么猜到的？”

“很简单，倘若东西盗自明代左都御史邵坚的墓，肯定会跟其他古玩一起交给吴大师鉴定，断断不会捧到以正统自居的宋楚云那边。可见摹本就出自吴大师之手！”

吴郁明颓然坐到太师椅上，沮丧地一言不发。

“为何到宋楚云那边鉴定呢？因为事关重大，吴大师不敢轻易下结论。”左侯道，“说明摹本要么仿自《墨林赋》孤本，要么仿自元代拓本甚至明代拓本，对不对？”

堂屋里寂静无声。

隔了五六分钟，吴郁明慢腾腾地说道：“左顾问沉浸古玩圈多年，想必早听说吴某在圈里声名狼藉，为宋楚云等名流所不齿。可左顾问知道吴某一心钻钱眼里的原因吗？”

“呃，惭愧得很……”

“吴某从未对外人提过。”吴郁明道，“十二年前家父身染重病，急送到上海寻著名西医手术，术后虽保住性命，但每年要花费几百大洋从欧美辗转买药。多年来战祸四起，药品成为各国军管物资，往往路费比药费还贵数倍。吴某能到哪里弄钱？只能凭鉴定手艺到处觅活，碰到脏品也得睁只眼闭只眼……”

左侯肃然起敬，“原来吴大师孝心仁厚！这么些年真是不容易……伯父还健在吗？”

“有药品支撑，身子还算硬朗，但名医说药千万不能停，否则……”吴郁明黯然道，“洛阳城破在即，鉴定生意越发惨淡，顶多再坚持两天就得退往上海。唉，上海滩可不是洛阳，到那边生意更不好做了……”

“是何人委托吴大师临摹？到底是拓本还是孤本？”

“送东西来的是两个陌生人，虽然从语气、行事风格大致能猜到对方身份，没证据不能乱说……还是说东西吧，是真的，确凿无误是米芾的《墨林赋》孤本！”

左侯惊得站起来：“这，这可是至今为止唯一面世的米芾大字孤本，吴大师真没看走眼？”

吴郁明思索了一阵，然后道：“那天夜里有人敲门，管家不敢开，反复询问身份，他俩就是不说，接着‘咣当’扔进来一个牛皮纸袋，里面装了五十大洋。吴某估计跟盗墓有关，当时正缺钱用嘛，便冒险放他俩进来。进屋后他们直截了当说有个东西看一下，然后掏出那卷《墨林赋》……”

“丝绢还是宣纸？”

“当然是宣纸，否则一碰就得碎，况且字画用宣纸就是从米芾开始发扬光大的。”吴郁明续道，“吴某看了一眼就浑身冒冷汗，半天没缓过劲来。鉴定真品根本不用费那么大劲的，那种感觉，那种气场，那种……”

左侯深有同感点点头，“的确如此。”

“他俩问是不是米芾，吴某说个人认为是，但学识有限，米芾大字真迹之前只见过明代拓本，不敢断言。两人问洛阳城有谁敢说了算，吴某说宋楚云有此担当。他俩到角落嘀咕了一阵，说此事不想扩散，能否不出示原卷却照样鉴定？吴某说可以，木刻水印的仿复工艺，可以最大限度近于真迹，行家一看就明白原卷真伪。”

“吴大师在木刻水印的勾描、刻版方面炉火纯青，这一点圈内早已公认。”

“过奖过奖。”话虽如此，能获得内行夸奖还是有面子的，尤其左侯是洛阳头号造假高手，吴郁明顿时红光满面，“后来他俩甩出两百大洋，我花了两天两夜，精心炮制出《墨林赋》摹本。拿到宋楚云面前，他当即断定原卷是真品，也看出摹本是吴某之作……”

宋楚云没在我面前透露过，这个老狐狸！左侯暗暗骂道。

“过了阵子宋楚云托人捎话，表示想见识下米芾大字真迹，吴某装作一无所知，事情也就过去了。”

“果真是米芾大字孤本，分量不低于王羲之真迹出世，这将是轰动中原古玩圈的大事！”

吴郁明漠然道：“吴某没想那么多，只惦记多赚些药费。”

“之前市面上出现的明代古玩呢？”

“都经吴某之手鉴定过，确为真品。”

“卖家是谁？”

“通过七拐八绕的中介。”吴郁明顿了顿，“吴某一心一意赚药费，懒得过问圈子里的事。宋楚云威望高、人缘好、耳目众多，古玩圈、收藏圈的风吹草动都瞒不过他，肯定知道谁才是那批明代古玩的卖家。”

你推我，我推你，两位鉴定师分明都猜到卖家是谁，偏偏都不肯说！

也能理解，鉴定师不但要有一双敏锐的眼睛，还得有一张保守秘密的嘴。宋楚云肚里不知烂了多少秘密，吴郁明更是熟悉洛阳盗墓圈所有面孔，但打死都不说，才能获得大家的尊重。

今天已经很不错了，对吴郁明而言，若非《雨竹图》，根本不可能说这么多话。

左侯迈出吴家院子时，伊宫承正好撬开了姚艾的嘴。

伊宫承说过，“我在军统还没见过不肯说话的人”，这话对姚艾这样的保安队员也不例外。

事实上姚副队重兵包围军统驻洛阳办事处，态度强硬要求进去搜查时，姚艾就被关在办事处地下刑室里。

挨了二十鞭子，又喷了两小瓶辣椒水，才架到老虎凳上。还没施刑姚艾已经怂了，大叫道：“我招，我招，我什么都招！”

伊宫承拿鞭梢托起姚艾下巴，阴森森道：“招，还得说实话！说错一个字剁一根指头，听清楚了吗？”

“清楚，听清楚了……”姚艾吓得满脸油汗。

“昨晚你在哪里？”

“在……”姚艾胆怯地咽口唾沫，“在丁大饭庄吃饭……”

“跟谁一块儿？”

“一……一个人……”

“当时姚队一伙人正在丁大饭店对面的上元酒家喝酒，为何不过去？”

姚艾下意识一迟疑，“啪”的一声，顿时劈头盖脸挨了一鞭！

“我说！”姚艾带着哭腔道，“姚队叫我找了辆车藏在巷子里，等喝完酒送他去北大街后街……”

“然后呢？”

“到了胡同口姚队自个儿下车，说办点事就回来，叫我在车上等着。然后我就伏在方向盘上打了个盹儿，被叫醒时姚队已坐在旁边，便把他送回家……”

伊宫承问：“他身上有没有血？”

“没，没血……”

“还穿着晚上喝酒时的衣服？”

“没太注意，晚上太黑了……”

“啪！”又是撕心裂肺的一鞭子。

姚艾大声惨叫，泣不成声道：“真没看清啊伊宫局长！姚队平时就喜欢穿黑衣服，每件都差不多，晚上黑咕隆咚的，根本……根本分不清……”

“没看清衣服，身上有没有血腥味总该闻得到吧？”伊宫承冷冷道。

“只有，只有酒味啊，伊宫局长！”姚艾叫苦连天道。

姚副队连喝两顿酒果然有目的，酒气能有效遮掩血腥味。

伊宫承道：“继续交代，这些年跟在姚队后面鬼鬼祟祟地干了些什么见不得人的事！”

“没有哇……”姚艾正欲辩解，见伊宫承举起鞭子，赶紧道，“我说，我说！姚队一直在秘密调查祖坟被刨的事，私底下找了很多人，包括鉴定师、文物贩子、盗墓贼……后来说目标就在古玩街……”

“叫什么名字？”

“姚队什么事都压在心里，从不跟人聊天……”

“他经常去古玩街？”

“他自己从没踏入古玩街半步，要么让我进去打听，要么找保安队线人，后来不知为啥歇了火，可能感觉没希望吧？”见伊宫承依然虎视眈眈，姚艾舔舔嘴唇补充道，“十年了，刨祖坟的事也该淡了，保安队大概年纪大点的还记得，新来的压根不知道。”

伊宫承略加思忖，“以前暗中调查古玩街，有没有关注过富利文玩店和乔记玉器坊？”

“没，这俩小店听都没听说过。”姚艾断然否认。

第六章

伊宫承在警察局大门前碰到左侯，站着交换了所得到信息。然后伊宫承说准备去找赵局长，请求拘捕姚庆宗！

“证据链还没连上，总觉得……”左侯摇摇头说。

“就从姚艾证明他去了钟家胡同这一点就足够，还等什么？等到人远走高飞再发通缉令？”伊宫承火冒三丈道。当着其他探员的面左侯不便反驳，默默跟随着进了局长办公室。

听完伊宫承的汇报，赵局长脸色沉重，垂着眼皮想了会儿，命人唤来傅队，叹息说：“纸包不住火，从伊宫局长反映的情况看，姚队大概脱不了干系。先抓起来吧，给个单间住着，伙食不能含糊，一切……等审讯结果再说。”

“真……真的有问题？”傅队还不相信。

伊宫承说：“别的都不谈，昨晚姚艾把姚队送到北大街后街，亲眼看他进了胡同，就这一条扣个‘嫌疑’帽子够不够？”

傅队手一抖，将脸别过去，默然不语。

接下来赵局长让伊宫承安排三个探员潜伏在隔壁办公室，再派人请姚副队过来。先君子，后小人，倘若姚副队拒捕就要硬来了！

等了十多分钟，赵局长、伊宫承连连看表，傅队也心神不宁地转着铅笔，暗想从一楼保安队办公室到三楼局长办公室，这么长时间爬也爬上来了，莫非出了意外？

正琢磨着，手下满脸紧张跑进来，说：“大事不好，姚队带了好几把枪跑了！”

伊宫承“唰”地起身，厉声问：“怎么跑的？”

“他先到武器室领了枪和子弹，弟兄们以为明天有行动没在意，然后走到院里开了辆吉普车就冲了出去，旁边洗车的弟兄都没来得及反应……”

话没听完，伊宫承箭一般冲出去，大声喊道：“紧急集合，紧急集合！”

警察局保安队副队长畏罪潜逃，这可是轰动性新闻，何况姚庆宗乃少林弟子，身手不凡，寻常几条汉子困不住他，给抓捕工作带来极大麻烦。

侦缉队全体出动，保安队只抽了几个信得过的参与，加上宪兵队一起展开全城搜捕。

从命令下达伊始，伊宫承就知道搜捕不过是营造紧张气氛。姚庆宗行动敏捷，有极强的反侦察反跟踪能力，寻常手段根本奈何不了他。

“以你的判断，姚庆宗有可能藏到哪儿？”

伊宫承知道关键时候还是得借助左侯敏锐的感觉和严密的逻辑推理能力。

左侯慢悠悠地将杯中咖啡喝完，道：“他跟儿子相依为命……”

“他儿子还在县中读书，周末才回家，我已安排人在学校周围监视。”

“我的意思是潜逃后他会第一时间见下儿子，但不会久留……”

话才说了半截，王探员敲门进来，报告说探员们通过县中老师找到姚庆宗的儿子姚雨，姚雨承认二十分钟前父亲在教室窗口露过面，似乎冲自己笑了笑，然后倏尔不见了。

伊宫承瞅瞅左侯，左侯耸耸肩，一副“我说得没错吧”的模样。伊宫承不由怒从心生，喝道：“既然猜到，为何不早说？”

“姚庆宗揣了几把手枪，子弹无数，局座准备在人群密集的校园跟他枪战？再说，当着人家儿子的面把父亲当场枪杀，十年后又将是一场杀戮，局座信不信？”

“我手里早沾满了鲜血，不在乎多几条冤魂！”伊宫承板着脸说，“说说他下一步去哪儿？”

“警察全城缉捕，姚庆宗知道事无善了，见儿子最后一面之后想必会找信得过的人，留些钱并嘱托几句，恳请人家照顾儿子……”

“本来他最信任姚艾，但姚艾在我手里！”

“姚艾只是他在保安队最信任的人。大难当头，最靠得住的还是姚家宗族，毕竟整件事因姚家祖坟被刨而起。”

伊宫承目光闪动，“赶紧调查姚家亲戚当中哪些人跟他走得近！”

“没必要，这会儿他恐怕已交代完毕，再度踏上征途。”

伊宫承忍无可忍，拔枪指着左侯额头怒道：“你今儿个净放马后炮，贻误良机，可知老子的子弹不长眼睛？！”

王探员吓得目瞪口呆，站在原处一动不动。

左侯从容笑道：“局座好大火气。局座，据统计姚家宗族在洛阳城有两百多户，其中与姚庆宗属于直系亲属关系的三十多户，请问局座，仓促间你要怎么调查？调查到了又能怎样？托人照顾儿子是姚庆宗的后路，办案不可以断人家后路的。”

伊宫承仍举着枪，道：“少卖关子，直接说他最终藏到哪儿？我耐心有限，没空跟你磨蹭！”

“唉，跟局座破了这么多案子，还是头一遭在枪口下分析案情。”左侯叹息道，脸上却毫无惧色，“姚庆宗苦心孤诣十多年，终于如愿以偿手刃仇家，最想做的事是什么——对他这样宗族观念特别强的人来说？”

伊宫承慢慢放下枪，沉吟道：“把好消息告知宗族长辈……不对，应该到曾祖父坟前拜愿……快，叫几个弟兄去姚家墓地！”

两辆吉普车驶出警察局大院时已是暮色沉沉，全城进入宵禁时刻，车灯划破夜空直奔城北郊区。

沿途有四道关卡，每次都得伊宫承出示证件才允许放行，王探员感叹戒备之森严，左侯不以为然地说也就咱们目标大，换姚庆宗还不是轻轻松松就混过去了。

越靠近墓地，越显得阴森诡异，连吹的风都好像冷了许多。

王探员缩缩脖子说：“要是我一个人肯定不敢到墓地来。”

左侯笑道：“所以盗墓贼也不容易，胆小的、怕鬼怕神的压根干不了，否则吓都吓死了。”

说话间来到姚家墓地边缘，一行人下了车，阴冷潮寒的夜风扑面而来，远处偶尔传来一两声乌鸦叫声，以及不知名虫子怪叫，平添几分萧瑟。

墓地里到处是枯藤野草，两名探员在前面开路，一个拿手电筒，一个拿护手钩，边拨打前面草丛边查看左右，一旦发现蛇就用钩子挑起来甩到远处。

走了十五分钟，他们来到西北角边缘两棵松树前，树下是满地瓦砾、青草、落叶和几座破旧的古墓。

“是这座墓！”王探员拿手电筒指着右前方叫道。

伊宫承脸色微变，眼疾手快打落手电筒，喝道：“趴下！”

几乎同时，“啪”的一声枪响，子弹刚好擦过王探员头皮飞过去。

“好险！”

探员们暗暗咋舌，当即循枪声位置呈扇形散开，左侯则老老实实地躲到树后。

伊宫承大声道："姚队，躲得了初一躲不过十五，出来束手就擒吧，我保证决不为难姚雨！"

儿子是姚庆宗唯一血脉，也是弱点所在，伊宫承故意提到这个，意在施压。

"好汉做事一人当，人也杀了，仇也报了，还有什么放不下的？"伊宫承继续道，"你当保安队长多年，应该知道五条人命的血案给老百姓造成多大影响。在你是血海深仇，在大兵压境的洛阳城呢？姚队请好好想一想！"

对方还是久久沉默。

伊宫承按捺不住，正准备指挥探员们向前逼近时，灌木丛中突然传来姚庆宗疲惫而低沉的声音："伊宫承，就你一个人过来，我有几句话想告诉你。"

王探员急欲阻止，伊宫承却迅速站起身，一手拿手电筒，一手将手枪慢慢放到地上，道："好，我这就去！"

踏着沙沙作响的落叶，伊宫承缓步迈入灌木丛里，见姚庆宗半倚在树下盘膝而坐，满脸沧桑，腿前排着四把手枪，还散落着一些子弹，全身上下衣服破了多处，显然一路躲避追捕也很不容易。

"姚队，职责所在，之前若有得罪之处请原谅。"伊宫承说了句场面话，当然也是实话。

姚庆宗没吱声，点燃香烟狠狠抽了几口，长长吐了个大烟圈，这才说："我读书不多，去少林寺前仅仅认识些常用字，说得不对的多包涵。十多年前姚家——我曾祖父的坟被人刨了，简直是奇耻大辱！这也是凶兆啊，伊宫局长，意味着家破人亡，子孙后代不得善终！"

伊宫承张张嘴，转念又把想说的话咽了回去。

“我知道伊宫局长是不信的，可被刨了祖坟之后，我讨的老婆婚后第六年就生病死了，如今我也……你说不信，眼前就是活生生的现实！”

“什么时候怀疑到杨、董两位老板的？”伊宫承转移话题问。

“我曾祖父墓下面是明代左都御史邵坚的墓，据说里面藏了不少陪葬品，我就顺着这个线索追下去。但很奇怪，盗墓的、销赃的、转手卖的都隐藏得很深，也有很强的警觉性，每次稍稍有点眉目再继续查，线索就没了……”

“主要是姚艾帮你？”

“还有保安队的内线。”姚庆宗道，“这回就是古玩街一个内线传的消息，说两个小店老板亲口承认十多年前刨了姚家的墓，从里面打盗洞进邵坚古墓，偷了很多明器出去，因而从学徒摇身变成古玩店老板……”

伊宫承吃惊地问：“内线是谁？竟有本事把十多年前的事打听得如此清楚？”

姚庆宗含糊其词道：“一个值得信任的……他以古玩交易名义帮我把两个家伙约到甘港酒家——他俩盗挖明墓发横财后还不收手，白天看中孤身一人鉴定古玩的藏家或卖家，尤其是那种手持脏品、本身心中有鬼的，就故意约在晚上见面，然后带着护店伺机下手。受害者往往出于种种原因不敢声张……”

“他俩以为你带了什么？”

“米芾《墨林赋》拓本。”姚庆宗解释道，“据说他俩从邵坚古墓里拿到原卷孤本，后来不知流落到哪儿，这回听到是《墨林赋》拓本非常心虚，急不可耐要看看……”

“在甘港酒家会合后，他们认出你的身份了吗？你怎么说？”

眼看触及案子核心，伊宫承故意提高声音尽量让外围探员们听到。

第七章

姚庆宗道："没有。打进保安队后我从没以保安队员或队长身份去过古玩街！当时我就问了两句，一是西周嵌绿松石象牙杯是不是出自他俩之手，因为之前都知道这个杯子是邵坚收藏，古谱里有记录的。他俩相互看看，急不可耐地说别扯不相干的，把东西拿出来再说！从两人眼神和反应，我可以断定他们就是盗墓贼！"

"还有一句呢？"

"我问你们打盗洞时知不知道那是姚家祖坟？他俩一听脸色就变了，打手势示意护店动手。就在这时伙计不识相上前劝架，被我一拳打昏，然后……"

"由始至终他俩没否认过？"

"他们就是非常心慌，也很震惊，想不到事隔多年还会被挖出来，他们叫护店把我'往死里打'，当然我也抱了相同念头，嘿嘿嘿……"

出于谨慎，伊宫承多问了一句："五个人都是你杀的？"

"是！"姚庆宗语气坚定地说。

"最后我还想知道安排你们双方见面的内线是谁？"

"对方有恩于我，怎能出卖人家？换了你会吗？"姚庆宗摆摆手，意兴阑珊，“再给三分钟，让我一个人把烟抽完。然后……然后你可以结案了。”

听出他话里的意思，伊宫承默默出了灌木丛。

探员们得知消息，纷纷起身伫立，静静看着灌木丛，没隔多会儿里面传来一声枪响！

左侯赶过去看时，却见姚庆宗双膝跪地朝着曾祖父坟墓方向。在他心中，从没为手刃仇人后悔过，哪怕半点。

回城途中车里气氛很沉闷，不知因为姚庆宗是同行，探员们有兔死狐悲的感觉，还是因为案子本身……

左侯就近下车，没跟伊宫承一行去警察局向赵局长通报案情。他进屋拉好窗帘，燃起煤油灯，随手拿了块玉琚细细把玩，脑海里将整个案子重新梳理了一遍。

夜已深。

左侯仍无睡意，将灯光调得更弱，打开卧室暗门，抽出一本线装册子，里面精心收藏着唐宋年间的拓本甚至真迹。

本来他满腹心事，翻了几页不知不觉被古朴典雅的写意所吸引，便一页页看下去，直到惊觉屋里有动静，猛地转身发现伊宫承竟站在卧室门口！

“原来是局座！”左侯强笑道，“麻烦下次先敲门好不好？弄得一惊一乍的，对身体不利。”

伊宫承不作声，上前劈手夺过册子从头翻到最后，冷哼一声合上扔给左侯，转身回到外屋坐下，盯着微弱的火苗道：“运得差不多了吧？”

“运……运什么？”

“你装糊涂，我就摊开来说了。”伊宫承道，“两个月前你开始行动，托东大街老马运了两箱古玩。之后陆续地，前堂山岳老板运了一箱、南郊顾大嘴运了两箱、水警队陆队老婆运了两箱……哎，你跟人家老婆什么时候搭上的？”

“局座什么时候也喜欢八卦了？我可从没在外人面前提过苗掌柜……”

伊宫承恼羞成怒，“还有齐芝斋杜老板运了两箱、收藏家曹三运了一箱……目的地都是上海，想不想看清单？告诉你，我一个电话就能让那边把东西全扣下来，信不信？”

“我信，我信。”左侯忙不迭道，“局座神通广大，无所不能。”

“但《月下绛妃图》还没运走，你是想留到最后一刻随身携带吧？”

“局座锲而不舍的精神难能可贵，佩服佩服。”

伊宫承冷下脸，“别以为我在开玩笑！那幅图是戴老板亲自吩咐务必要弄到手的，关系到党国利益，还有我在重庆的老婆孩子，挡我路者，死！”

左侯见状也慢慢坐下，将灯调得亮些，道：“局座，咱们打开窗户说亮话吧。有一次我和局座讨论过这个问题，后来我只说了一半就打住了，还记得吗？”

“唔……”

伊宫承想起调查曜变天目案时左侯说收藏家有三种，一是为了收藏而收藏，二是为了牟利而收藏，三是为了占有而收藏，然后直言不讳说戴笠就是第三种藏家！

“我从不怀疑局座对党国的忠诚，也理解局座所做的一切都出于公心，是职责所在。但换个角度看的话，局座的立场可能会有所松动。”

伊宫承警惕地说：“这话什么意思？”

左侯从角落书架上捧来一沓报纸，指着其中一张道：“这是蒋委员长在重庆别墅会见国际友人的照片，局座请看背景墙架上的古玩……”

“好像是个瓶子……”

左侯递过放大镜："局座不妨再细看。"

其实根本不用，以伊宫承的眼力扫一下便看出来了，它就是自己和左侯千辛万苦从日本人手里夺回的大宋重器——钧窑天青釉长颈圆弧胆瓶！

"再看这张报纸，关于胡宗南胡司令的专题报道，局座请看右下角照片……"

胡宗南虽号称"西北王"，照片可比委员长的模糊得多。伊宫承借助放大镜瞅了好一会儿，震惊万分："曜变天目盏！日本特高课大竹纯子偷窃自徐绍峰，被你和芦白花在白云山拦截下来的那个！"

"局座还记得芦白花的好，我倍感欣慰。"左侯笑道，转而语气严肃起来，"钧窑天青釉长颈圆弧胆瓶、曜变天目盏，两件国宝级古玩只是机缘巧合落到照片里，被我无意看到而已，其他还有很多，可想而知它们都去了哪儿！我说戴老板为了占有而收藏，没错吧？局座为追回国宝出生入死、殚精竭虑，最终却被个别人中饱私囊，成为拉帮结派、加官晋爵的工具！试问局座，这与落到日本人手里有何区别？"

伊宫承定定地看着两张照片，神情不可捉摸，喃喃道："记得你说过曜变天目盏世间仅存四只，其中三只在日本……"

"天青釉长颈圆弧胆瓶更是绝品，目前钧瓷还没发现第二只！"

伊宫承深深叹息，手指慢慢抚过照片上的古玩，道："我是军人，军人的天职是服从命令……"

"如果命令你投降呢？"左侯尖锐地问。

"怎么会……"虽这么说，伊宫承明白左侯话里的意思，转而道，"先不讨论那些大事，还是回到今天的案子，你觉得可以结案？"

"傍晚我就说过证据链没串上。"

"姚庆宗是杀害五个人的凶手，这一点没问题！我的意思是，案子当中还有不清不楚的地方。”

左侯笑笑道：“局座也看出来了……的确，表面看案子侦破非常顺利，根据甘港酒家伙计提供的信息画像确定姚庆宗是嫌疑人，从赵大宝那边得知姚艾是他的助手，再抓到姚艾供出姚庆宗当晚去过甘港酒家；我这方面则查到杨、董很可能是盗墓贼，两下验证基本确定姚庆宗是凶手。最后他在墓地又亲口承认，一切顺理成章，似乎很完美。”

伊宫承摇摇头，“如你所说，证据链有缺失，至少有三个问题。一是杨、董是盗墓贼缺乏直接证据，他俩没亲口承认，也没证人指认。二是他俩听到《墨林赋》拓本的反应也很奇怪，按说原卷真品都看了，没必要对拓本如此在意，而且两人在万乾堂当学徒，理当知道米芾孤本的价值，怎会轻易转手，又卖给了谁？三是古玩街线人身份可疑，似乎是这人一手安排了那天晚上的杀局，他这么做的目的是什么？”

“最大的谜团就是所谓线人！姚庆宗对他非常信任，也非常感激，以至于临死前都不肯透露，但那个家伙明明暗藏祸心，显然是想造成两败俱伤的结局！”

“对，两败俱伤！”

油灯火苗蹿动，两人久久对视。

“不能草率结案！”伊宫承打破沉默道，“明天，你准备怎么着手继续调查？”

左侯微微一笑，“局座是在考我，其实已有设想对不对？”

“或许咱俩想的一样。”伊宫承并不否认。

“一方面局座还得继续审问姚艾。局座在军统没见过不肯说话的人，可说谎的恐怕见过很多，还有说一半留一半……”

伊宫承面露狰狞之色，“明天先剥掉他一层皮！”

左侯于心不忍，“坐个老虎凳什么的也就行了，不必太残忍。他成天跟着姚庆宗，掌握的内情应该远比之前交代的多得多，甚至，有可能知道那个神秘线人的身份！”

“还有呢？”

“另一方面，米芾《墨林赋》孤本真迹到底在谁手里？这个至关重要。十多年前的买家始终深藏不露，也没使些手法把它洗白了，必定另有内情。”

“洗白？”

左侯解释道：“一些明显盗自古墓的古玩，藏家为了让其身份合法化，会通过拍卖、名门世家转让等伎俩公开古玩的存在，由鉴定师、公证人做背书，再光明正大地交易，这样脏货就洗白了。”

伊宫承沉思一阵，道：“到目前为止，只有吴郁明见过孤本，其他人包括宋楚云只看到过摹本，最后又冒出拓本，简直一笔糊涂账！”

“不糊涂，从孤本到摹本再到拓本，都有其内在联系，只是咱们暂时没想通而已……明天我打算去趟码头。”

“噢？”伊宫承扬了扬眉毛。

“局座别误会，我不是想跑。”左侯笑道，“我想为宋楚云宋大师送行。”

“顺便打探点消息？”

“此番离开洛阳，估计几年内不会回来，宋楚云总该说点压在心底的秘密吧。”

“但愿如此。”伊宫承干巴巴地说。

第八章

只睡了三个小时，凌晨四点多钟外面一片漆黑，左侯叫了辆车，赶到城北码头时，天边刚露出一丝亮色。

早班轮船停泊在岸边，码头上人头攒动，人们携箱拖包地往船上运行李。空气中夹杂着老人叹息声、小孩哭闹声。

左侯在人群中找到长髯飘飘、仙风道骨的宋楚云，虽是逃难，宋楚云衣着、头发丝毫不乱，气定神闲，依旧还是那个眼力不凡的洛阳首席鉴定师。

“大师……”左侯上前叫道。

宋楚云微微笑了笑，“左顾问果然来了，要是不来，宋某反而会很失望。”

“有件事，宋大师和吴大师都知道，但我不知道。”

“不错，之前宋某碍于行规没说实话，如今……”宋楚云环顾惶急慌乱的人群，感慨道，“拿吴郁明摹的《墨林赋》上门鉴定者叫陈楫，保安队的，后来这人突然从洛阳消失了，估计左顾问不认识。”

“哪一年发生的事？”

“具体年份由于隔得太久，宋某确实想不起来。因为断定摹本源自米芾孤本真迹，宋某实在牵挂得很，便托人给吴郁明捎话。他碍于面子亲自登门解释，并说……”

说到这里宋楚云又笑笑，“吴郁明没告诉左顾问吧，其实那夜拿《墨林赋》孤本真迹的两人也是保安队员！”

“啊！”

左侯呆住了，脑子乱得像一团糨糊，良久问：“大师可认识保安队姚艾？”

“姚艾……那是后来的事了，找过宋某几次，问的问题主要围绕市面出现的明代古玩。那事圈里人都有数，就是富利文玩店和乔记玉器坊两家老板干的，死者为大，宋某不便多说。”

“就是说姚家祖坟被挖确为杨、董两人所干？”

“盗墓圈子都说那是外行手法，中介透露幕后卖家是他俩，还用多说？”

看来杨、董俩老板死得不冤，左侯暗暗松了口气，之前他一直担心姚庆宗受人误导杀错了人。

不过这样一来，情况更加复杂了！

《墨林赋》孤本真迹怎会落到姚庆宗手里？

难道姚庆宗早就追查到杨、董，为避免杀身之祸，两人以《墨林赋》孤本真迹作为交换？

倘若如此，他有什么资格继续指责这二人刨祖坟，还理直气壮杀人？

问题是，在甘港酒家那晚姚庆宗与他们好像是第一次见面，而且以姚庆宗对宗族、祖坟的执着，照理不会轻易妥协。

那又怎么解释保安队员拿着《墨林赋》真迹和摹本上门鉴定？

左侯呆在原地思绪如潮，这时汽笛长鸣，宋楚云拱手道了声“后会有期”，便登上轮船。

伊宫承那边进展也不顺利。

大清早来到军统办事处准备提审姚艾，却发现他仰面躺在囚室地上，眼睛瞪得老大，嘴边挂着一丝白沫，身体僵硬，声息全无。

在戒备森严、号称连苍蝇都飞不进来的军统地下密牢，姚艾居然被毒杀了！

从看守到值班特务，办事处的特务们个个提心吊胆，准备迎接一场万钧雷霆——伊宫承管理极为严苛，平时稍有闪失便会怒骂责罚，就算立了大功也难得见他笑脸，何况发生了此等严重事故，至少也要套个“玩忽职守”的罪名。

伊宫承脸挂得三尺长，站在尸体前足有十分钟，一个字都没说就转身出门了。他站在路口等到前来探听消息的左侯，简洁地说：“上车！”

“姚艾被毒杀了……”伊宫承道。

左侯当场惊呆，好半天才说：“密牢里关过那么多日本特高课、共党分子，从没出过事，怎么偏偏姚艾就……”

“一语中的，你想到的正是我想说的。”

“那么……”

“宋楚云说了些什么？”

左侯将交谈情况一五一十地告诉伊宫承。伊宫承听罢只说“查一下档案”便不再言语，然后跟左侯一起一路无言地来到警察局。

档案室在五楼，他们来到门口只见铁门四敞，里面满地狼藉，柜子、架子、保险柜都空空如也，像刚刚经历过大扫荡。

“怎么回事？！”伊宫承咆哮道。

闻讯赶来的档案管理员连忙解释：“这不日本人快打过来了嘛，按县政府命令要销毁所有人事档案，案宗全部转移到襄阳，防止落到日本人手里。”

“什么时候下达的命令，我怎么不知道？”

“报告局长，就是昨天傍晚，当时您正好不在办公室。”

伊宫承一言不发，大步下楼，路过探员休息室时叫道：“老李过来一下。”等李探员进来并反锁好门，他直截了当地问：“记得保安队有个叫陈楫的人吗？”

李探员想了想，“很多年前有这么个人，后来好像去了安徽。”

“跟姚庆宗关系怎样？”

“跟姚队？两人共事时间不长吧，姚队那批进来没多久，陈楫等好几个人就不干了，走的时候都没打招呼。”

“姚艾什么时候进的保安队？”

“又隔了三四年，他老子从总务位置退休时请求照顾，赵局长当时已是副局长，跟傅队打声招呼就放行了。”

“进队后就跟着姚庆宗？”

李探员笑道：“姚队身手好，洛阳城地痞流氓都怕他三分，大事小事也摆得平，很快升了副队长，能跟姚队混是姚艾的福气。”

左侯在旁边听得很仔细，接过话头道：“陈楫等人为什么不干的？之前有没有流露过离开的意思？”

“时间太久，忘了当时的情况，可能局里原本属意陈楫当副队长，姚队进来后风头太劲，陈楫感觉提拔副队希望不大吧？具体情况已经说不清了。保安队跟侦缉队不同，人员进出频繁，什么理由都有，也不算奇怪吧。”

伊宫承挥手让李探员出去，问左侯：“想明白了吗？”

“有点头绪了……”

“什么？”

“现在说为时过早，谨慎起见还得核实清楚。”左侯卖了个关子，“还需要局座配合演一出戏。”

伊宫承皱眉道："前线战事吃紧，大量纷繁复杂的事压在手里……"

"给我一天一夜时间，明天好戏就能登场！"

"哦，你又打算做赝品？"

"局座，自从担任顾问我就金盆洗手不作假了，除非为了破案。"

伊字承脸色稍霁，道："批准，手脚利索点儿！"

当天下午古玩街传出重大新闻：致和文斋收了卷号称元代拓本的米芾《墨林赋》，明天上午九点公开展示，欢迎鉴定师、收藏家们前往赏鉴。

米芾大字墨宝真迹寥寥无几，最接近宋代的元代拓本便成为收藏精品，价格也炒得很高。按常规，如此昂贵的拓本拍卖前不会公开，而是召集少数圈内有影响的人士定夺真伪。然而洛阳城破在即，民众纷纷出逃，往昔繁荣的古玩街只剩不到三分之一店铺在营业，街上也是萧条冷清，以宋楚云为首的圈内大佬更是各奔东西。致和文斋根本凑不齐人数，只得公开展出，开放性赏鉴。

九点整，拍卖大厅还是来了不少人，比预期热闹得多，说明形势再恶劣也抵不过人们对古玩的喜好。

《墨林赋》元代拓本被放在大厅正中展示柜里，外罩三层玻璃，四边灯光打在上面，光晕下有种特殊的朦胧美。

大家边看边小声议论，探讨着米芾大字的精髓、写意、笔锋等。

二楼栏杆角落，伊宫承和左侯蹲在盆栽后面，手拿望远镜仔细在人群中搜寻。

"看到了？"左侯问。

伊宫承点点头，放下望远镜快步退到后面房间，皱眉问道："你凭什么料定保安队的人会乔装打扮来看《墨林赋》？"

“如果不来，整件事就没法链接上了——当然，他们不能不来，因为《墨林赋》太牵动人心，必须要关注。”

“我想，你已经猜到幕后指使。”

“即便知道，局座也无计可施。”

伊宫承目光一凝，杀气腾腾地说道：“你以为军统的招牌是吃干饭的？快说，我立马派人抓捕！”

左侯慢吞吞地说道：“局座以为楼下保安队员是谁派的？”

“……傅队？”

“不，徐大宝！”

“徐大……”伊宫承脑子转得很快，“他是赵局长的远房亲戚！莫非……”

左侯莞尔一笑，将业已形成的思路娓娓道来。

杨、董在万乾堂做学徒时，偶然见到有人捧着明代瓷器上门兜售，却被掌柜识出是脏货婉言谢绝。两人起了贪念，跟到僻静处将其制伏，殴打威胁一番后逼着对方带他俩来到姚家墓地。

本来那个盗墓贼盗的是姚家另一个曾祖辈的墓，但杨、董在万乾堂沉浸两年见多识广，一眼看出瓷器并非此墓陪葬，而来自墓底墓——由于地震等特殊原因土层变动位移，偶尔会发生类似现象。

两人断定墓底有个规格较高的明墓，他们为防止泄密也不委托专业盗墓贼，直接自己干！

姚家祖坟被刨后，姚庆宗急火攻心，一趟趟跑警察局。表面看在此事上警察不作为，其实外松内紧，时任保安队长的赵局亲自追查此事。

原因很简单，盗墓贼刨了姚家祖坟的同时也误挖到赵家墓地，身为赵氏宗族有头有脸的人物，赵局长怎能不怒火万分？但这种事不能声张，万一破不了案岂不颜面尽失。

姚庆宗跑到少林寺学艺期间，赵局长已查到杨、董两人头上——根据明代古玩来源顺藤摸瓜很是容易，毕竟洛阳古玩圈、盗墓圈并不大。

杨、董惶恐万状，表示愿意献出米芾孤本——大字《墨林赋》真迹，换得赵局长不追究此案。

赵局长对古玩一窍不通，但听他俩把《墨林赋》吹得天花乱坠，不禁动了心。在祖坟问题上，他可不像姚庆宗那样看得比生命还重，只要有利可图，原则是可以商量的。

第九章

为核实真伪，赵局长指使心腹陈楫等人先后找吴郁明和宋楚云鉴定，当得知确为真迹且能卖出天价后，为保守秘密，赵局长便杀掉了陈楫等三名保安队员灭口！

正因为关键角色缺失，两位鉴定师又恪守行规不可能透露陈楫等人身份，姚庆宗跑断腿都没法接近真相。

饶是如此，为掌握姚庆宗调查情况，赵局长安排老同事的儿子姚艾充当其助手，密切关注其一举一动。

十年过去了，姚家祖坟被刨案深深隐藏在水下，姚庆宗似乎也冷了心意，不再没头苍蝇似的乱跑。

眼看洛阳城沦陷在即，赵局长也在琢磨退路。

对于收藏古玩赵局长半点兴趣都没有，唯一念想是早日卖掉变现。十年来他慑于姚庆宗孜孜不倦的调查没敢轻举妄动，动手除掉他也不现实——人家姚庆宗是少林俗家弟子！

但日军大举逼近，倘若姚庆宗不打算与洛阳城共存亡，自己不管在哪儿拍卖《墨林赋》，也不管躲到哪儿，相信姚庆宗都会追踪而至，他有这个本事，也有这个恒心。

思来想去，赵局长决定在逃离洛阳前干掉姚庆宗，一了百了清除祸患！

既然《墨林赋》成为案子的关键，赵局长便拿它作诱饵，指使姚艾手持其摹本——当初吴郁明花了两天两夜炮制的那幅，先到乔记玉器坊找董老板，亮出摹本后暗示还握有孤本真迹，急欲逃难前变现。董老板也是识货的，当场看出它显然摹自真迹，急忙跟杨老板合计，觉得未必不可信——赵局长不喜收藏，很可能早就暗中将《墨林赋》转了手。

他们决定一不做二不休，索性把对方做了夺回《墨林赋》！

董老板爽快地付了定金，约姚艾晚上到甘港酒家具体商谈，条件是要亲眼看到孤本真迹。

另外，姚艾向姚庆宗报告找到盗墓真凶，证据链都是当年赵局长调查时留下的，内行一看便知铁证如山。

姚庆宗要姚艾设法把他俩约出来，姚艾则说一切都安排妥当，还假惺惺地问要不要多带几个弟兄。

“不必，我自个去就行。”此时姚庆宗已心生杀心，压根没打算让杨、董两人活着回家！

于是，在姚艾一手策划下，发生了甘港酒家血案。

案发后，每个环节都坐实了姚庆宗的罪行，直到他逃至姚家墓地自杀身亡。

听到这里，伊宫承质疑道：“既然如此，姚庆宗反正是必死之人，为何不肯透露姚艾起的作用？”

“当时姚艾还在局座手里，姚庆宗担心把他拖下水。在他心目中姚艾是得力助手，是帮自己如愿以偿的好人。”

“好像没有证据证明姓赵的跟此案有关联……”

“的确没有，不过局座想想，倘若陈楫等人是受姚庆宗指使，宋楚云临行前肯定会说出实情。正因为牵涉到赵局长，两位鉴定师才支支吾吾，不敢吱声。”

“唔，有道理……”伊宫承沉思了一会儿，陡地抬头道，“就是说《墨林赋》真迹还在姓赵的手里？”

“八成是。”

“我这就召集弟兄们抓捕！”

伊宫承说着转身欲走，左侯赶紧上前拽住他，“局座准备召集哪些弟兄？”

“军统那边，还有侦缉队信得过的……”

“先说军统办事处，局座想想姚艾怎么死的？”左侯道，“连军统都有本事渗透，侦缉队还用说？没准局座还没动身，赵局长已经命令保安队、宪兵队来抓局座了！他在洛阳苦心经营这么多年，势力之强远超我们想象！”

伊宫承默然。

左侯又道：“还有，以赵局长的精明很可能早将大部分财产转移出去了，包括《墨林赋》！刚才只是我的推测，倘若搜不到直接证据，局座以副局长身份随便抓捕局长，传出去将是大丑闻！”

“明知主犯是谁却无能为力，简直是警察的耻辱！”伊宫承脸色铁青道。

“机会总会有的，只要他还在洛阳。”

伊宫承听出左侯话中含意，目光冷峻地看着窗外，良久道：“对，姓赵的有耐心等十年，我怎会没耐心多等几天？”

“若向戴老板献上米芾孤本，局座又是大功一桩。”左侯半真半假道。

防空警报响起，日机在洛阳城上空避开防空炮区肆无忌惮地低空轰炸。隆隆炮声中伊宫承道：“你猜还能坚持几天？”

“半个月？”

伊宫承冷笑一声，甩手走出房间。

看着他的背影，左侯突然意识到这回伊宫承没有纠缠《月下绛妃图》……

灵犀角杯

楔子

“局座，我有不太好的预感——我的感觉向来很灵。”

站在冷清的城北码头，听着远处隆隆的炮声，左侯不安地低声说。

伊宫承淡淡地说道：“怕什么？姓杨的又不会吃人，找你鉴定个杯子而已。”

“都火烧眉毛了，他还特意从南阳跑过来鉴定犀角杯，总觉得……”左侯道，“他是军统特务总队行动组组长哎，专门管局座的，当点心为好。”

“君子坦荡荡，小人长戚戚，用心做好自己的事就行，无须怕这怕那。”

“唉，局座就是不信！”

昨天接到密电，军统特务总队行动组负责中原地区的杨组长要前来视察，原因竟是要他们鉴定一尊缴获的犀角杯！

特务总队行动组在军统内部素有“锦衣卫”之称，军统内部违反纪律的特务无论级别高低，均由该组拘捕扣押，可谓人见人畏。

见伊宫承没反应，左侯又嘀咕道：“大兵压境，开封、洛阳等地鉴定师、古玩商、收藏家都躲到后方去了，像我这种水平的一抓一大把……除非是听到什么风声，专门来找我的晦气！”

伊宫承扭头正色说：“要是担心这个，大可不必！我可以承诺，若杨组长为旧案纠缠于你，我必定据理力争，保你平安！”

“好好好，有局座的承诺我就踏实了。”

左侯连声说，其实心里一点都不踏实。

客轮缓缓出现在地平线，缓缓靠岸，之后杨组长在一群面无表情的军统特务簇拥下下船，敷衍地与伊宫承握了手，都没瞟左侯半眼，径直上车驶离码头。

“我不喜欢这家伙。”在车上左侯不安地说。

“他是上司，不管喜欢与否都要应付。”

“中午的欢迎酒宴我不想参加，全身别扭。”

伊宫承没吱声，显然连他也不想参加。

一路沉默无语，快到警察局时伊宫承突然说：“你不考虑早点离开洛阳？防线……可是说破就破，到时没得商量！”

“呃，这可是局座头一回劝我走。”左侯惊讶道。

伊宫承沉重地叹了口气，良久才说：“叫你走就走，别啰唆！”

来到局长办公室，杨组长毫不客气地在伊宫承的座位坐下，一瞥吴探员等都跟在后面，挥手道：“无关人等都出去！”

众人潮水般退出，办公室里只剩下杨组长和带来的四名军统特务，以及伊宫承、左侯。

门关上后杨组长从公文包里取出一叠文件扔到桌上，皮笑肉不笑地说道：“伊宫主任看看这个。”

左侯站在对面暗暗奇怪：说好鉴定犀角杯，看文件干吗？

伊宫承也很纳闷，随手拿起那叠文件随便一翻，不由得惊得魂飞魄散，全身犹如坠入万年冰窖，僵在原地无法动弹半分！

文件上的内容，竟是近期重庆军统发给伊宫承的密电抄件，每份密电后面都有四个粗体字——阅后即毁!

明明阅后即毁的密电，怎会落到杨组长手里?

杨组长面色严峻，语气冰冷地说:“伊宫承玩忽职守，泄露党国机密，奉戴老板手谕即刻抓捕，押重庆候审!”

说罢两名军统特务快如闪电挟住伊宫承手臂，干脆利落地将他反铐起来。

另两名军统特务则逼向左侯。

左侯蓦地单手一扬，石灰包在空中炸开，整间办公室顿时烟雾弥漫，混乱中两名军统特务扑了个空。

利用难得的机会，左侯猿猴般跃上沙发，两个蹬跳来到窗前，以身体撞开窗户，飞身跳到左侧阳台，再顺着下水管道滑到地面。

“砰砰砰!”

几名军统特务破窗拔枪，同时对准地面射击。

左侯贴着墙壁绕到吉普车后，从右侧上车后快速冲出了警察局大院。

第一章

驱车狂奔的左侯面色罕见的冷峻。

显然，鉴定犀角杯是个局，目的在于将伊宫承和左侯一网打尽！

从重庆密电被泄露，到伊宫承与左侯关系密切，再联系到芦白花是共党分子，完整的证据链让戴笠判断伊宫承有可能被左侯策反，成为双面间谍！

那么杨组长必定双管齐下，一方面放出鉴定犀角杯的烟幕弹，另一方面设法通过秘密渠道传递消息，诱使芦白花进入洛阳城予以抓捕！

想到这里左侯冷汗都下来了。

月黄象牙店黄老板牺牲后，左侯与芦白花的联络中断，根本不清楚她身在何处，在干什么。她会不会中杨组长的诡计自投罗网？

经过与中统、日本特高课和共党地下组织多年较量，军统的反谍能力得到大幅提升，培养出一大批像伊宫承之类又忠诚又专业的精英。

就如杨组长，据伊宫承介绍，他是从普通军统特务一步步爬到少将位置，这期间双手不知沾了多少鲜血，绝对是心狠手辣、杀人不眨眼的大魔头！

伊宫承会不会通共、泄露重庆密电？左侯比谁都清楚——绝无可能！

那么，该阅后即毁的密电没销毁，反而成为罪证摊在伊宫承面前，可能性只有一个——军统内部有人陷害伊宫承！

伊宫承在洛阳做特派员多年，一直安然无恙，为何城破在即的节骨眼上遭到陷害？

来不及多想，左侯飞车来到军统办事处楼前，不等通报便径直进去，以求能抢在杨组长通报全城缉捕前打个时间差。

他找到伊宫承在军统最信赖的助手小蔡，匆匆道："有急事，跟我走！"

平时左侯都是悠闲自得，成天带着懒散的笑容。见他如此，小蔡直觉跟伊宫承有关，不由得紧张起来，二话不说跟着左侯出门跳上车疾驰而去。车子刚刚拐过街角时，左侯眼角瞥见两辆警车呼啸而至，戛然停在军统办事处门前。

车开到了城北荒凉偏僻的山坳里，左侯这才停下，细述了伊宫承被捕的经过。

小蔡第一反应是右手伸向腰间拔枪，瞪着左侯目光充满怀疑，却又在手碰到枪柄瞬间想通原委，道："左顾问是清白的，否则断断不会明知将遭到全城缉捕还冒险到办事处找我！伊宫主任也是清白的，我敢以人格担保……"

左侯打断道："谁担保都没用，杨组长只相信那叠应该销毁的密电！说说看军统内部传递密电流程，谁最有嫌疑？"

"这个……"

小蔡有些犹豫该不该把军统内部程序透露给左侯，但此时已无他法，必须借助左侯的智慧和力量帮伊宫承洗清冤情。他狠狠心道："标准流程是机要员接收电文然后移交机要室登记，由机要室传递给伊宫主任。而'阅后即毁'的密电比较特殊，通常机要员送到机要室编号、抄摘入档要素后直接面呈伊宫主任。但密电不准抄录具体内容，除非有承办要求……"

“就是说机要室那边顶多瞄几眼，唯独机要员有机会抄录密电全文？”

“通常机要室是双人值守，一个操作一个监督，防止发生摘抄副本或偷发给敌方之类泄密事故。这招短期内挺管用，但时间久了相互熟悉了，也就渐渐懈怠。女机要员坐不住，经常轮流溜出去逛街买饰花、香粉、零食什么的。据我观察大多时候都只有一人操作，的确存在泄密可能。”

左侯紧紧追问：“一般什么时候接收密电？”

“时间不确定，从早到晚，夜里都有可能。”

“伊宫主任看完密电，有没有人监督他当场销毁？”

小蔡摇摇头，“既然允许他看密电，必定得到戴老板绝对信任，而且以伊宫主任的性格应该会及时销毁密电，这是规矩！”

左侯心烦意乱地在乱石堆里转了几圈，道：“以你判断，哪个机要员嫌疑最大？”

“他们都经过军统最严格的甄别和考察，我觉得……”小蔡苦苦寻思良久，“都不可能做出这种事……”

“军统反谍经验丰富，应该知道对手往往会从最不可能的地方策反。”左侯提醒道。

“机要员一个叫樊晓晓，樊副县长女儿，哥哥在省保安队做事，重庆谍报员三期培训班成员，通过了美国最先进的测谎试验；另一个叫白丽，父母亲死于共党在湖南开展的打土豪运动，对共党分子深恶痛绝，你让我怀疑谁我都觉得匪夷所思。”

这时两架日军轰炸机低空逼近山坳，两人急忙钻进石坑深处，等到轰炸机飞远才爬出来。左侯“呸”了一口，道：“不是她俩中的一个，就是伊宫主任，这是很简单的排除法……再想想，若有可能，要设法从杨组长那边下手排查，看看泄露的到底是所有密电，还是集中于樊晓晓或白丽接收的密电。”

小蔡叹道：“城门失火殃及池鱼，接下来办事处人人自危，都得接受最严厉的审查。取得杨组长信任谈何容易？尽量争取吧。”

与小蔡在城北大道岔道口道别后，左侯拐了个大弯潜入古玩街。

只有在古玩街，烂熟于心的地形、熟悉的味道，方能使左侯惊惶不定的心情得以平静。

他穿过迷宫般的巷道来到老字号疏笔轩后墙，借助墙边大树腾身而上，轻轻落到收拾得干净而雅致的后院。

他贴着院墙向前走了四五步，蓦地后背冷风乍起，没等有所动作，便被冰凉的枪口紧紧抵住了后脑勺！

“傅小明……”左侯缓缓举起双手，神色不变，“你专门守在这儿等我吗？”

“你来干吗？”

“示警！”

“示什么警？”

“能不能把枪收好，让我好好说话？”

停顿几秒钟，枪被撤回，“转过来吧，老实点，不要考验我的枪法！”

左侯依言以很慢的速度转过身子，看向身后这位面白无须、鹰钩鼻子的中年男人，这人左手还盘着两个钢球，右手持枪对准了他脑袋。

果然是与左侯齐名的洛阳城青铜器造假高手傅小明！

之前左侯与傅小明围绕《月下绛妃图》和青铜圆斝斗了两个回合，结果平分秋色，谁也没占着便宜。

由于芦白花罕有地与傅小明联手欺骗自己，左侯耿耿于怀，对傅小明的印象相当恶劣。傅小明则因为被左侯连续端了三处藏身秘窟，元气大伤，很长时间都隐匿不出，唯恐再遭到左侯报复。

“我想了很久，必须冒险，其他别无选择。”左侯摊开双手道。

傅小明冷然道：“别打岔，说示警的事儿！”

左侯瞅瞅院墙，“到内屋说，行不？”

“不行！”傅小明不假思索地拒绝，“你花招太多，我早已领教过。要么站这儿说，要么五秒钟后吃子弹，自己选！”

左侯无奈，将声音压得很低，道：“左思右想，上次青铜圆斝案中你帮芦白花骗我必定事出有因，我不想说得太露骨，你也应当心中有数……今天伊宫承因泄密罪被捕，军统有可能顺藤摸瓜，展开进一步诱捕！”

“告诉我这些不相干的干吗？”傅小明不为所动，冷笑道。

“好吧，我实话实说，”左侯道，“我不倾向任何政见和组织，古玩才是我毕生爱好，所以本身没必要冒这趟险。只是，芦白花是我的挚爱，永远都是，为了她我才翻越这堵墙，明白吗？”

傅小明沉吟不语，枪口略略低了下来。

“再透露一点，军统督查室杨组长从南阳过来，说明南阳那边出了状况，你不妨透过渠道了解一二。”

听到“南阳”两个字，傅小明脸上终于色变，警觉地四下张望一番，低声说：“跟我来！”

穿堂入户来到书房，傅小明毫不见外地扭动书桌右前方的玉石龙头。一声轻响，东墙山水立轴后裂开一道暗门，傅小明带头钻了进去。

暗门内甬道只有两三米，前面便是小而矮的密室。傅小明点燃油灯，左侯看到这间不足五六个平方米的屋里有一张小方桌，一把椅子，右墙角叠着两排木箱，下面垫着厚厚的油布毡，不用想便知里面定是枪支弹药。

“请坐，条件简陋了些。”傅小明歉意道，“这里绝对安全，可放心交谈。”

左侯注意到内侧有个黑黝黝的小门，里面“嗖嗖”灌入冷风，想必是紧急逃生通道。

狡兔三窟是傅小明惯有的风格。

“芦白花会不会来洛阳？”左侯直截了当地问。

傅小明沉声道：“今夜就来！”

左侯腾地站起身，“咚”的一声，头重重撞到顶部，又颓然坐下，恨恨道：“都什么时候了，还想着任务……上次就警告她……就算落到伊宫承手里也不会轻易放过她的！”

“她不能不来！”黑暗中傅小明目光炯炯有神，“身为联络员，接到十万火急的信号就是命令！”

“她来干什么？跟谁联络？”

“不知道，对她的情况我一无所知……夜里你跟我一块儿去接应她，可以当面问个明白。”傅小明道。

左侯心中有数。

傅小明叫自己在密室等到夜里，一是防止他回去通知军统，二是多个帮手，防止芦白花夜半进城时真遭到伏击。

防人之心不可无。傅小明在江湖久了，最起码的规矩还是懂的。

第二章

初春时分夜里寒意料峭，伏在冰凉坚硬的石坑里三个多小时，左侯全身僵硬麻木，关节像生锈的机钮无法动弹。

与猜想的一样，傅小明说芦白花将在夜里从城西郊丁子河泅渡进城。洛阳城北面、东面是军事管制区，南面由于通向大后方盘查严苛，负责城西郊防御的警卫团、保安队尽管同样会密集巡逻，但因防线拉得太长，且山地河流交错地形复杂，城西部是唯一有可乘之机的地带。

丁子河靠近红苇村，这一段地势平坦、水流缓慢，是泅渡的最佳位置。警卫团沿岸设置了十多个碉堡，入夜后强光探照灯来回扫射河面，发现异常便以机关枪射击，同时还会出动保安队和巡逻队进行围堵。

傅小明介绍说顺利泅渡的秘诀在于河中间有块暗礁，通常做法是趁探照灯扫到别处时憋足气潜游到暗礁，借暗礁背面避过灯光扫射，再憋足气快速游到对岸，脱离探照灯照射范围。

“只要登岸，快速钻入碉堡之间的山地、密林，十分钟便可进入安全区。”傅小明说，“漆黑一片守卫不敢轻易出堡，巡逻兵顶多打几声冷枪就算交差了。”

“如果守卫也知道那块暗礁的作用，重点盯防岂不糟糕？”左侯心惊肉跳地问。

傅小明淡淡道："有些事心照不宣吧。"

左侯心里"咯噔"一声，暗想军纪松弛，军心涣散，从将领到士兵各有各的小算盘，这样的军队焉能不败？！

凌晨两点十分。

这个时间点正是人体反应最慢、最容易打瞌睡的时候，探照灯慢慢掠过河中央礁石后，借助月光，凭着极佳的眼力，左侯发现河对岸有团黑影悄无声息没入水里。

芦白花终于出现了！

原本冷到骨子深处的左侯内心顿时燃起熊熊烈火，下意识活动着已冻僵的双手双脚，随时准备动手。

旁边傅小明轻轻拍了拍他，意思是少安毋躁！

整个过程如钟表般精确，在探照灯扫回来之前几秒钟，那团黑影游抵河中央礁石边，露出半个头深呼吸了一下随即下潜，就在探照灯照到礁石时再度潜游……

陡地，漆黑中冉冉升起一枚信号弹，两盏强光探照灯倏尔笼罩住芦白花即将浮出的河面区域，十多个人影仿佛从地底下冒出来似的跑到河边，齐齐端着枪准备射击！

"动手！"

傅小明轻喝道，率先跃出石坑甩手一枪打掉左侧探照灯，然后羚羊般轻巧地冲入十多米外的小树林里。

左侯则边往相反方向跑，边奋力扔出两枚土制手榴弹，"轰轰"两声使得河边伏击的黑影们阵形大乱，左侯趁机借助高高低低的石堆掩藏身形。

有枪声和轰炸声，足以让水里的芦白花产生警觉，及时下潜并回撤了。

左侯欣慰地想。

但今夜抓捕者均是经验老到的军统和侦缉队探员，他们在短暂慌乱后立即调整策略，一部分人继续盯住河面，另一部分则分成两组反扑。

左侯习惯用飞刀，很少训练枪法，黑咕隆咚又没法发挥飞刀威力，胡乱开枪非但打不到对方反而会暴露位置，要不是傅小明绕过来救援险些被包抄。

“不宜久战，快走！”傅小明喝道。

“芦白花咋办，她……她还在水里呢！”

“跟我撤，待会儿再说！”

傅小明不容分说拉着左侯就跑，一口气连穿两片小树林才停下，警觉地四处张望后倚在树边喘息。

“我……我们来是为救芦白花的，为啥，为啥遇到强敌就……就溜了？”左侯不满地说。

傅小明难得笑了笑，“想不到貌似花心大萝卜的你居然还是痴情种子，难得啊难得。可你这熊样，体力不支、枪法不行，没被活捉就不错了，拿什么救芦白花？”

“同归于尽行不行？”

“算你狠！好吧，你通过考验了！”

左侯愕然：“什么考验？”

傅小明信手朝右前方一指：“直行两百米，第四间破茅草屋，敲四下，三长一短，到时就知道了。”

左侯似有所悟，依言来到一片破败的农庄里，摸到对应茅草屋前敲了四下，就听到一个又轻又脆的声音：“进来！”

芦白花！

霎时左侯明白了傅小明的精心安排！

一方面芦白花压根没从这片区域泅渡，那团模糊的黑影只是为了吸引敌人火力，实际上那人游到河中央礁石后没有继续向前，而是返回了对岸。大批敌人集中于这里，芦白花便能从其他地点从容泅渡。另一方面则是试探左侯到底有没有跟军统串通一气，倘若是，肯定不会扔出手榴弹，而是会配合军统抓捕傅小明，或者在刚才逃亡途中对傅小明下手。

真是步步杀机！

也难怪，在军统、中统强势而高压态势下，共党地下组织必须慎之又慎，不能轻信军统兼警察头子身边的红人。

怀着激动的心情推开朽掉大半的木门，黑暗中传来轻声一问：“左侯？”

“白花，是我！”左侯急切地叫道。

火折子亮起，映出芦白花清冷而英气迫人的脸庞。角落里堆着湿漉漉的衣服，看来她泅渡过来刚换好衣服不久。

芦白花很惊讶，“怎么是你……我们的同志呢？”

“如果你指的是傅小明，他正在附近林子里。”

“不是他，而是……”她没继续说，伏到窗前警觉地张望一番，道，“你来干吗？他为什么带你来？”

“说来话长……”

左侯将上午伊宫承突然被捕的经过细细讲了一遍，并说自己担心杨组长释放假消息诱骗芦白花到洛阳，便冒险寻到傅小明——他早就怀疑傅小明也是共党分子，否则断断不会协助芦白花逼自己交出《月下绛妃图》！

芦白花蹙眉道：“你真的很冒失……傅小明并非组织中人，只是出于同情偶尔施以援手，他可以对你说的话置之不理的，可能你流露出对我的关心打动了他……”

“听我说白花，你等到河边那些人撤离后赶紧泅渡过去，远离洛阳！”左侯道，“无论是因为杨组长追查密电泄露案，还是日军即将进攻洛阳，这里都不适宜停留！”

芦白花不作声，过了半晌慢慢转身，在他面前单手探入胸前掏了一下，然后手掌一摊，掌心变魔术似的多了尊古朴玲珑的杯子。

“犀角杯！”左侯轻呼道。

联想到杨组长此次前来的托词就是鉴定犀角杯，莫非其中有着某种联系？

“我们在南阳的组织遭到严重破坏，大批机密文件落入军统之手，包括你看到的那叠密电……”

“果真是伊宫承泄露的？”

芦白花耸耸肩，“我说不知道你信不？经历靳浓命案，你该清楚组织分情报系统和外勤系统，我负责跑外勤……最麻烦的就是犀角杯引起了军统关注，继而在深挖它的内涵，令组织十分忧虑！”

“杨组长特意提到犀角杯，实质另有所指？”左侯揣测道。

“它代表组织最高级别的情报链！”

“我……我不太明白……”

芦白花仰头看着夜空，朦胧月光下白皙的脸庞格外圣洁。她轻轻叹了口气，眼中布满复杂的情绪，“能获取军统内部最绝密的‘阅后即毁’级密电，你说有多危险，又有多重要？”

左侯眼皮跳了跳，“若非我跟伊宫承这么久对他有所了解，简直就会怀疑他就是潜伏者！”

“它是信物，危险情况下见物如见人，我必须无条件掩护持有者躲过敌人抓捕撤到安全地带，哪怕付出生命的代价！”芦白花神情坚定地说。

“杨组长手里一尊，你一尊，潜伏者还有一尊？”左侯疑惑道，“犀角杯珍贵稀有、不易保存，明清两代流传下来的不足五千尊，你们组织居然就有三尊，还用作信物？”

“真品只有一尊，由潜伏者持有，杨组长和我的都是高仿，形似而已。”

左侯终于听明白了。

对潜伏者来说，同样是见物如见人，所以杨组长和芦白花都想凭犀角杯与潜伏者取得联系！

左侯取过她掌心的犀角杯，仔细把玩良久，却见此杯通体呈深蜜色，镂雕平足，杯口内外浅雕着连绵不绝的卷云纹，外壁图案为古松怪石，刻工简练，布局疏朗，靠下外壁有“金陵文枢雅制”六字阳文楷书刻款，这在犀角杯里极为罕见。

左侯摸到角杯正前方上部凹槽，发现杯底边缘凹了一小块，角正后方下部又有一条凸起，使得杯口部椭圆得并不规整，笑道：“这块牛角被你打磨得不轻啊，竹丝纹是不是在机器上抛出来的？连犀角‘天沟地岗’都仿出来了，简直跟真品别无两样。”

“竹丝纹和‘天沟地岗’还有隐隐约约的腥味，这些犀角特性已经被造假者掌握得出神入化，能把赝品做得不仅形似而且神肖。”芦白花道。

“即使如此，假的毕竟是假的，在你面前没法玩花样。”左侯道，“组织派你来洛阳，也是担心军统拿赝品浑水摸鱼吧？”

“对，我既要抢在军统前面与潜伏者取得联系，又要防止军统拿赝品伪装成潜伏者！”

左侯一时无语。

两人面对面伫立好一会儿，左侯道：“具体怎么找到潜伏者？或许我能帮你。”

第三章

芦白花没吱声，快步出了茅草屋，穿过农庄往城里方向走。左侯不便多问，紧随其后。

靠近路边农田时，他们听到远处传来发动机的声音，两人急忙钻进草垛堆里。没多会儿，一溜吉普车“轰隆隆”驶过去，借着车灯隐约见到里面坐着军统特务和侦缉队探员。

左侯蜷伏在草垛里，嗅到芦白花身上散发出的香皂和体香混合的味道，不禁情动，紧紧搂住了她。

芦白花不敢说话微微挣扎，但他哪里肯放，越箍越紧。感觉到他的强硬和坚定，她身子越发地软，等车队消失在视野里，她也变成一摊水融化在左侯怀里……

“白花……”他在她耳边轻轻道，“真不想你进城，遍地杀机还要救人，根本是不可能完成的任务！”

“那是我的任务，也是使命。”

“白花！现在还有机会，我们一起远走高飞吧，忘了军统，忘了日本人，忘了洛阳城里的一切，找个山清水秀的地方快快乐乐生活，多生几个孩子相伴到老，好不好？”

芦白花双手捧起他的脸，深情凝视，缓缓道："躲到哪儿才能听不到日机轰炸？军统无处不在，哪儿才是世外桃源？左侯，我们生不逢时，到处充斥战乱、独裁和残暴统治，唯有自我牺牲去抗争去战斗，才能给下代人营造和平安宁的生活环境……"

"为什么牺牲的必须是你？"

"因为我已不是当年的造假大师芦白花，而是脱胎换骨的芦白花。而你还是左侯，所以你没法理解我的想法，我也从不奢望你理解，只能……"芦白花凄然道，"每次亲密，我都觉得有可能是最后一次……以后忘了我吧，找个乖巧听话的女人过一辈子，我不能给你所期望的，非常抱歉。"

左侯用力吻她，道："怎么忘掉？你以为忘掉心爱的女人像打破一件瓷器，说没了就没了？不管如何，我会尽最大可能保护你，真的，说到做到！"

芦白花也深深回吻，泪水不由自主直往下落，哽咽得说不出话来。

几分钟后，二人情绪渐渐平息，芦白花穿好衣服，仍依偎在他怀里，道："老黄牺牲后，他侄子小黄接手了月白象牙店生意，由他发出紧急联络信号，三天之内，潜伏者应该会持犀角杯到店里接受甄别。"

左侯念如电转，道："这么说潜伏者与古玩街有关，起码会每天从古玩街主街道经过，否则看不到小黄的信号。"

"不要做无谓猜测，只按事实说话。"芦白花低头沉思，然后道，"军统方面想必也在古玩街布下重兵，我这边只有傅小明……你熟悉古玩街地形，暗中帮我策应吧？"

"没问题！"

头一次得到芦白花信任且被分配任务，左侯跃跃欲试，竟有些激动。

凌晨三点，军统办事处机要室内，杨组长满脸狰狞地站在屋子中间，办公桌前包括小蔡在内共有四个人在紧张地勾对密电档案号。

“组……组长，已经勾好了，”机要室何秘书怯声说道，“十四份密电当中樊晓晓经手十一份，白丽经手三份。”

“白丽经手的三份内容多不多？”杨组长问。

何秘书低头翻看后道：“不多，两份六行字，一份四行字。”

“六行不到一百个字，斩头去尾，多看几眼能背下来吧？”杨组长一指小蔡，“你，看那份四行字的，两分钟后背给我听！”

“是！”

小蔡擦擦额头冷汗，全神贯注盯着密电默念，隔了两分钟从头到尾背下来，只错了五个字。

杨组长拿过密电扫了一眼：“时间、地点、人名都没错，错的都是无关紧要之处，可见经过训练背六行、八行、十行都不是问题！不用说了，立即动身抓捕樊晓晓！”

小蔡舔舔舌头，吃力地说：“报告组长，樊……樊晓晓可不是普通人，贸然上门抓捕有……有点困难……”

“怎么，洛阳城居然有军统不敢去的地方？”杨组长愤怒地一脚踹开旁边木椅，“是不是伊宫承培养的畏首畏尾的作风？！”

小蔡赶紧道：“她是樊副县长女儿，哥哥是省保安队洛阳保安团参谋。樊副县长跟警察局赵局长是至交，所以……”

“唔——”

杨组长深知警察局和保安团都是城里握有枪杆子的，要真翻脸，军统势孤力单，恐怕不是对手，唯有等到明天寻求城外驻军支持。

深深吸了口气，杨组长道：“樊晓晓平时与共党有无瓜葛？”

“报告组长，两名机要员都经过严格甄别，无论家庭背景还是社会关系，以及亲朋好友都没问题。”小蔡道。

“都没问题，那有问题的就是伊宫承了！”

杨组长的话与左侯如出一辙，小蔡张张嘴，无言以对。

大概怕冷场，何秘书多说了一句：“白丽肯定没问题，人家父母亲都死在共党手里……”

杨组长眼中厉芒一闪，“怎么死的？有没有证人？单凭她自己交代？”

何秘书暴汗，忙不迭从保险柜里取出白丽的档案，细细看了之后道：“有当地保安团证明，这是原件……”

杨组长轻蔑地挥手：“去，这玩意儿几块大洋就能弄到！除此之外怎么证明她没问题？”

小蔡暗笑姓杨的不敢动樊晓晓，转而拿白丽做文章，不过这也是帮伊宫承开脱的最好方式，两个机要员要是都找不出破绽，最终伊宫承没问题也有问题了，就必须要为密电泄露承担责任。

两位女机要员当中，何秘书对白丽颇有好感，连忙说：“她工作认真负责，每回送电文都有双签，不像樊晓晓马大哈，有时自己都忘了签字，经常拉着白丽过来补签。”

糟了！小蔡暗忖道。

果然杨组长面露警觉之色，道：“心中有鬼的人才面面俱到，这个白丽也很可疑！她住哪儿？”

“楼上，三楼最西边。”小蔡无奈地说。

“把她抓起来！”杨组长恶狠狠道，“我亲自审问！”

办事处大多数人都到城西郊丁子河埋伏芦白花——军统掌握到共党情报人员经常从那一带泅渡，带枪的只剩下小蔡和值班特务小丁。

杨组长在后面督阵，两人提枪上楼，分踞门的两侧后小蔡重重敲门，无人应答；再敲，还是没反应。

小蔡抬手准备继续敲，杨组长扑上前一脚将门踹开！

小蔡、小丁随即一手举着手电筒一手持枪冲进屋内：二十平方米的单间空无一人，床上被子叠得整整齐齐，说明白丽压根没睡；桌上、柜子、衣橱等收拾得整洁而有条理，说明她走得从容不迫，丝毫没有慌乱！

“妈的，一群蠢货！”

杨组长抬手劈了小蔡和小丁各一记耳光，铁青着脸喝道：“给我搜！”

军统特务都经过专业严格的培训，搜查高效而快速，五分钟后发现几个细节：一是白丽常用的红皮箱不见了；二是她最爱的几套衣服、洗漱用具都带走了；三是楼层公用卫生间里有大量灰烬，可能是焚烧文件所致。

小蔡这才想起，昨天下午就没看到白丽上班。当时办事处人心惶惶，有的被杨组长差使得团团转，有的外出协助搜捕。樊晓晓和白丽也是重点被怀疑对象，被勒令在收发室写反省报告，但没人专门监视，没想到稍一疏忽便出了大岔子。

“立即到樊晓晓家通知她接受质询，白丽潜逃，也许樊晓晓能提供线索。”杨组长命令道。

终究没逃掉这桩苦差事！

小蔡头皮发麻，深知“接受质询”只是审讯的委婉说法，人只要进了军统办事处，接下来就由不得樊副县长了。

小蔡驱车来到城东富人区樊家花园前，按响电铃隔了好久才有卫兵过来，举枪询问何事。小蔡亮明军统身份，说发生紧急情况，伊宫主任请樊小姐赶紧过去收电报。

卫兵恶声恶气说：“小姐生病了，老爷关照哪儿都不能去，回去给伊宫主任请个假！”

小蔡还想纠缠，内院又出来两名持枪卫兵，黑乎乎的枪口令人发怵。

他垂头丧气回到办事处，被杨组长劈头盖脸大骂一通，另一侧无功而返的军统特务们也灰溜溜沿墙站立，个个像霜打的茄子。

“抓不到白丽，抓不到来洛阳接头的共党分子，伊宫承绝对完蛋！”杨组长挥舞拳头咆哮道，“他完蛋，你们这群蠢货也得一起下锅！”

此时天已大亮，何秘书战战兢兢地建议道：“组长，要不联系驻军一起去樊家？起码，总得让我们见到樊晓晓问几句话吧？”

杨组长阴沉沉地说道：“军队是打日本人的，不是用来内耗的！这样，多去几个人，拿我的名片给那个见鬼的县长，就说纯属内部调查，不会产生任何负面影响。若他实在不放心，你俩把佩枪留在车上，接受搜身，反正必须要见到樊晓晓！”

对向来飞扬跋扈的军统来说，肯主动这么做已非常委屈。

小蔡真是犹如被恶鬼缠身，无可奈何地应道：“是，组长！”

第四章

月黄象牙店位于古玩街西面秀才巷巷口，位置不算太好，但古玩街虽店铺众多，专营杂项、小件的却寥寥无几，故而每天仍有不少藏家进进出出。

小黄跟叔叔老黄的性情差不多，说话做事慢条斯理，成天站在柜台里擦拭象牙、玉器、铜镜等，仿佛有干不完的活儿。

老黄拒捕被枪杀后，月黄象牙店一度是军统盯防重点。小黄表现得很镇定，按部就班不急不躁，过着家、店两点一线的刻板生活。时间久了，军统渐渐失去兴趣，撤掉监视点改为不定期监视。

上午十一点多钟，冷清的古玩街逐渐有了生气，三三两两的行人在街上东瞅瞅西瞧瞧，偶尔进店把玩会儿问个价——当然，问的多买的少。店家也无所谓，能坚持到这会儿的大都已将昂贵古玩转移或藏匿好了，生意能做就做，不做就权当打发时间。

左侯大清早就从后院潜入秀才巷里侧的茶壶店——这儿原本是中统特务邱治平的产业，“栖霞船屋案”中身亡后茶壶店无人接手，做古玩生意的又讲究风水，店铺一直没租出去，邱家干脆将大门贴上封条弃之不管。

他贴在窗缝连续盯了三个多小时，眼睛都看酸了仍没有动静。

“原来监视工作这么费劲。”左侯悻悻道。

芦白花坐在椅子上，难得悠闲地捧着茶杯，笑道：“监视与反监视都很费劲，是没有硝烟的战争。表面风平浪静，实质暗流汹涌，需要极大的忍耐和韧力。”

“你也监视过别人？”

“有回冬夜零下七八度，我悬在铁条栏杆上被刺骨寒风吹了三个多小时，全身完全失去知觉，眼珠都转不动，当时真以为自己死定了……结果还是逮着机会进屋偷到情报，之后大病一场。”

她仿佛在说别人的事，轻描淡写的。

左侯听得心惊肉跳，叹道：“我受不了那种苦，别说情报，就算里面有价值千万的古玩也不会干。”

芦白花不愿深入这个话题，转而问道：“军统是不是锁定了两名女机要员为嫌疑人？”

“可能姓杨的也觉得伊宫承主动泄露密电的可能性不大，所以首先怀疑我，毕竟咱俩关系不一般嘛。然后就是机要员，除伊宫承只有她们能看到密电整个内容。怎么，你也觉得两人当中有潜伏者？”

“我说过不做猜测，那样会主观地分析和判断问题。见物如见人，我只认拿着真品犀角杯的人。”芦白花恬静地说。

“万一真品落到了军统手里呢？想过这个可能没有？”

“那样的话意味着潜伏者已被捕，军统费这么大劲干吗？”

这样想，的确有几分道理。

左侯正待说话，突然目光一凝，盯着刚刚踱进月黄象牙店的身材肥胖的中年妇人！

“白花，你看——”

透出象牙店雕花窗户，隐约看到中年妇人倚着柜台跟小黄交谈，隔了会儿，她从小挎包里取出个象牙挂件。小黄打灯细看，说了几句后递还过去，中年妇人没耽搁便离开了。

芦白花定定看着她的背影，疑惑道：“有啥问题？”

“你看她走路姿势很不自然，抬脚总有些拖，说明穿了内增高皮鞋，看上去比实际高了三厘米左右；肚子凸起部分边缘过渡比较突兀，应该绑了棉垫；脸上红光、油光都是化妆效果，掩饰了原有肤色；最大破绽是她的手和手腕都很瘦削，与臃肿的身材形成反差。”

“噢，果真是这样的……”

芦白花佩服地说，暗想左侯没白跟伊宫承混，把军统特务敏锐的观察力和侦缉队缜密的推理手法全学会了。

“既然女人是假扮，你觉得是樊晓晓还是白丽？”她问。

左侯略加思忖，道：“机要室是军统办事处禁区，我没进去过，只远远看过两人侧影，没法根据身材和相貌特征判断。但樊晓晓父亲是副县长，眼看伊宫承被捕，做父亲的肯定不愿女儿受委屈，宁可硬顶也不会让她上班，更不会被姓杨的盘问，想必今天两股势力要上演硬碰硬的好戏，没机会溜出来，因此白丽的概率更大。”

“白丽什么背景？”

“可昨夜伏击失利，姓杨的满腔怒火，今天军统内部压力如山，作为旋涡中心的白丽想必会遭受前所未有的调查，也不敢轻举妄动……”

芦白花“扑哧”一笑，“你一会儿说这，一会儿说那，到底是谁？”

见她笑靥如花的模样，左侯都痴了，不知不觉抚摸上她俏丽的脸颊，被她一掌打落，嗔道：“喂，谈正事呢！”

左侯这才回过神来，道：“她这趟只是试水，明天顶多后天还会来的，只管守株待兔好了。”

芦白花表示同意，“经验丰富的潜伏者露面前都会反复试探，确定附近没有暗桩才会行动。继续等，另外等小黄传递过来的消息。”

“傅小明也守在附近吧？”左侯问。

芦白花笑而不语。

还是没得到他们彻底信任啊，左侯心中哀叹道。

此时经过整个上午的穿梭往来交涉以及威逼恐吓，樊副县长终于同意让女儿接受质询，条件是地点必须在警察局会议室，由赵局长作为第三方保证樊晓晓不会遭到人身伤害。

杨组长知道赵局长与樊副县长是至交，这就意味着即使质询过程中发现樊晓晓有泄露情报嫌疑也不能采取行动！

这没什么。

如果樊晓晓真有通共嫌疑，不仅她逃不过军统掌心，连樊副县长都自身难保！

因为戴老板对共党的打击向来不遗余力，宁可错杀一千，不可放过一个！

矜于身份，杨组长没有亲自到场，负责质询的还是小蔡，何秘书记录，樊晓晓则由做保安团参谋的哥哥樊非陪同，背后站着两名虎视眈眈的汉子。走廊里布满军统特务、保安团保安和侦缉队探员。

初春了，樊晓晓还穿着薄棉袄，外面裹了层厚外套，脸色苍白，脸上露出惶惶不安的神色，显得羸弱而无助。

众目睽睽下质询——就是审问，小蔡有点紧张，斟酌良久道：“晓晓，咱们同事一场，我不会为难你，主要就电文流转流程和白丽的情况向你做个了解。知道的坦白说，否则直接回‘不清楚’，明白吗？”

樊晓晓点点头。

“据你回忆，每次你接收的电文特别是密电，白丽有没有刻意查看而且浏览全文？”

“不……不记得了……”

“据反映你提交到机要室的密电很多没双签，但白丽提交的都有签字，为什么？”

“我有点马大哈，她细心认真，每次站在旁边看我签完字才提交。”

“细心认真是否可以理解为，凡你操作时她肯定在旁边监督，她操作时你就未必了？”

樊晓晓轻轻蹙眉，道：“收发电文都是随机的，如果都在收发室肯定要监督……”

“哪些情况下会出现单人操作现象？”小蔡步步追问。

“偶尔……上街买东西……不经常这样。”

“伊宫主任被捕的消息传到办事处，你觉得白丽有无异常？下午没去上班，有没有事先跟你说一声？”

这是两个很简单的问题，樊晓晓却想了很久，答道：“白丽中午说身体不太舒服，到附近看下医生晚点儿来，没想到整个下午都没露面。异常……倒谈不上，大伙儿都很紧张吧，毕竟出了这么大事。”

小蔡直接问及最核心的问题：“密电外泄，你觉得谁的嫌疑最大？”

“我和白丽都没问题！”樊晓晓爽快地答道。

“那你觉得伊宫主任有问题，对不对？”

“我不清楚问题出在哪个环节，但不可能是我俩泄露的。”樊晓晓道，“做办事处机要员，我俩都经历严格的背景调查和考验，特别我还参加过重庆第三期谍报员培训，对党国的忠诚度毋庸置疑。”

小蔡还想再问，樊非沉着脸道：“不好意思，家妹一夜高烧未退，精神状况很差，还有问题等她痊愈再说！”

他说罢便搀起樊晓晓出去了。小蔡站起身欲有所动作，被两名大汉挡在身前，满脸杀气地盯住他。略一踌躇，樊晓晓已在保安队员簇拥下离开。

回到伊宫承办公室，杨组长正站在窗前看着樊晓晓被扶上车，四辆军用吉普在轰鸣声中扬长而去。

“有情况？”杨组长头也不回地问。

何秘书递上刚才的质询记录，杨组长粗粗一翻，目光在最后两个问题上停留了会儿，道：“吞吞吐吐，欲说还休，这小娘儿们大有问题！”

小蔡道：“她只有表明自己清白时说得流利通畅，说明那段话事先做过准备，其他问题回答前都先偷瞄樊非表情，似乎怕说错话。军统办事处的情况，难道樊非比她更熟悉？而且虽没有直接攻击，但她所说的话都将伊宫主任置于不利境地……”

杨组长仔细盯着小蔡和何秘书，“伊宫承在办事处风评如何？有没有打过两个女机要员的主意？”

“绝对没有！”两人异口同声说。

小蔡继而补充道：“伊宫主任勤勉认真、恪尽职守是中原军统公认的，他经手破获的特务潜伏案有十多起，抓捕情报人员四十多人，均秉公处理，绝不枉情……”

“重庆方面了解这些。”杨组长不耐烦道，“但他在警察局的顾问左侯呢？这人多年从事古玩造假、诈骗，跟共党分子芦白花勾勾搭搭，两次纵虎归山！难道伊宫承没受左侯的策反？退一步讲，即使没被策反，也不排除左侯利用他的信任窃取密电！”

“报告组长，伊宫主任对左侯一直抱有提防之心，对他是利用为主，打压结合。从左侯被聘为警察局古玩顾问起，办事处从未间断对他的监视，监视报告订了厚厚两大本。至于芦白花，两个月前伊宫主任就给我们下过死命令，只要碰到直接格杀，不必纠结于抓活口！”

“芦白花是中原地区最活跃的共党分子，没有之一！”杨组长厉声说，“她仗着身手好，反应灵活，有效串联起开封、洛阳、郑州、南阳等地共党地下组织，知悉大量机密，若能活捉将对中原地区共党形成致命打击！伊宫承错失良机，多次让她临危脱逃，难辞其咎！”

小蔡连忙说：“左侯遭到全城缉捕，组长又在办事处展开调查，嫌疑人呼之欲出。芦白花肯定会坐不住潜入洛阳城，到时正好来个一网打尽！”

“一网打尽……”

杨组长喃喃自语，眼珠滴溜溜转个不停，良久道：“回办事处，把密电档案号再过一遍！”

第五章

下午利用店里没顾客的空当，小黄设法传递来消息。如左侯所怀疑的一样，小黄也特别留意那个肥胖中年妇人，察觉她有所伪装且试水意图明显。

她拿出的是一尊侈口薄唇、中腰微束的象牙杯，杯口刻着饕餮纹，杯身则是大枝牡丹和云雷纹，其繁复奢华的雕刻风格结合圆润厚实的包浆，判断为康乾年间作品。

小黄表示愿以三十大洋收购，妇人不置可否，表示家里还有尊明代犀角杯。小黄很平淡地说市场上假犀角杯是真品的百倍千倍，要看实物才能做定论。

妇人没吱声，把象牙杯塞进小挎包就离开了。

“既然打下伏笔，后面必定还会来的。”芦白花有把握地说。

左侯则说：“要看军统内部调查进展，如果潜伏者觉得安全无虞，那就不必走出那一步，也不必放弃辛辛苦苦挣得的有利位置，你认为呢？”

“不是……南阳地下组织被破坏后整个情报链条受损严重，加之密电泄露事件，军统绝对不可能善罢甘休。之所以派杨组长到洛阳督查，就是不想像往常那样胡乱找个替罪羊敷衍塞责，潜伏者早晚会暴露。”

“晚上我得打听一下军统内部调查情况，不能轻易相信上门者，你说过也有可能是军统方面假冒的。”

芦白花道：“见物如见人，前提是犀角杯为真品。”

“等你露面之时，就是军统抓捕之日，哪有机会鉴定？”左侯叹道。

“小黄是隔离墙。”

“他资历尚浅，恐怕连犀角杯真品都没见过，焉会鉴别？”

“走一步算一步吧，总会有办法的。”虽然这么说，但面对云谲波诡的局面芦白花也没把握。

傍晚快天黑时，月黄象牙店来了位顾客，衣着寒酸，举止粗鲁，一看便是挑夫马仆之类干苦力活的。他大大咧咧地从怀里取了只杯子往柜台上一搁，道：“瞧瞧这个，值多少钱？”

小黄看是犀角杯，沉住气拿在手里把玩片刻，笑道：“这位爷，您这尊杯子是牛角做的，可不值几个钱啊。”

那汉子气冲冲道：“放屁！人家说它叫犀角杯，起码上千大洋！”

“您看杯子实心横截面上一圈圈角朊层，那是牛角特有的，还有那块隐隐的橘红色也不对，犀角通常呈蜜色。”小黄笑嘻嘻道，“爷没见过犀角，牛角总见过吧？不信回家比较一下，要不把我说的两点告诉人家，看看对不对？”

那汉子哪懂什么古玩，明显拿了钱过来试水的，当下支吾几句便抄起杯子大步离开。

看着汉子迅速消失在古玩街尽头，左侯脸上露出复杂的神情。

芦白花了解他的习惯，问道：“发现哪儿不对劲？”

“这家伙还有上午那胖妇人，我都一眼看出不对劲，埋伏在古玩街的军统特务岂有走眼之理，为何迟迟没有动作？”

“可能在集中精力搞内部调查吧？要不，军统也发觉他俩只是试水的先头部队，耐心等待正主出现？”

左侯沉声道：“倘若如此，小黄、傅小明还有你我没准都处于军统监视之下，处境堪忧！”

“咱俩这儿挺隐秘，我倒担心傅小明……不过真正潜伏者出来前，军统不会轻易动手，以防打草惊蛇。”

说话工夫夜幕已降临，洛阳城照例进入宵禁和灯火管制，整个街道黑漆漆一片。

芦白花说要跟傅小明等人碰头商讨对策，言辞间大有不想左侯参加的意思。左侯也知道地下组织很忌讳开会时有外人在场，何况自己还挂着警察局顾问头衔，成天跟伊宫承招摇过市，知趣地与她约好明早会合时间后便独自越墙出去。

从古玩街穿到东大街，他借着夜色掩护来到一幢灰褐色建筑前，谨慎地四周绕了两圈，确定没有暗哨后才快步闪进楼道。

“左顾问……”

楼梯间突然站起个人影，轻轻叫道。刹那间左侯全身肌肉紧绷，头皮发炸，藏在袖里的飞刀瞬间滑至掌心，几乎射出去！

幸亏他同时嗅到一股淡淡的清香，脑中一闪，试探地问道：“苗掌柜？”

“嗯……”

“上去说话！”

二人悄无声息来到二楼伊宫承的寓所，门虚掩着，轻轻一推便开了。左侯进去后反锁，拉严窗帘，打起火折子一看：屋里被翻得满地狼藉，到处都是书籍、衣服和杂物，简直没法下脚。

没想到军统搜自家人也这么粗暴。

“左顾问，伊宫局长他……他不会有事吧？”苗掌柜急切地问。

“难说，我正在努力寻找线索。”左侯指着地上说，“但是，都被翻成这样了，肯定没戏。”

“可他不可能泄露情报的，左顾问跟他这么久，应该了解他的为人！”苗掌柜快哭出来了。

外面突然响起警笛声，左侯一惊，赶紧灭掉火折子，伏在窗台向下看，眼角只觉得白光一闪，发现是她戴的金镶玉戒指反射出的光。

“把戒面移到手心方向！”

左侯命令道，再看警车已呼啸掠过这幢楼，舒了口气，道：“军统也了解他的为人，但出了事只能凭证据。对了，你到这儿做过客，据你观察他有没有把密电带回家看的习惯？”

“做客”是非常委婉的说法，实质就是偷情。黑暗中苗掌柜脸颊绯红，火辣辣的像挨了两记耳光，低头道：“我……我根本没注意呢……而且我回去很早……”

偷情男女见了面犹如烈火干柴，的确无暇顾及其他，况且苗掌柜要掐准洗衣店打烊的时间赶回沈家操持家务，尽儿媳的义务。

左侯沉思片刻，又问：“他有没有在你面前提到军统内部事务，或者侦缉队查的案子等？”

“没。”不知为何她又面红耳赤，幸好漆黑中看不清，期期艾艾好半天才说，“偶尔问问沈家和洗衣店生意，仅此而已……”

左侯还想再问什么，附近又响起警笛声。他果断道：“此处不宜久留，快走！”

他们在伸手不见五指的楼梯下去，快到楼道口时两辆警车呼啸而过。

看着警车前进的方向，还有那边隐隐传来的枪声，左侯心里不安起来：那正是古玩街方向，芦白花他们千万别出什么幺蛾子啊！

事实证明左侯的担心是多余的。

枪战发生在离古玩街两条街的东刹寺附近，开第一枪的是保安团！

半小时前，三辆军用吉普风驰电掣直奔城北码头方向，到东刹寺被下午以协防名义进城的宪兵队挡住，要求接受检查。

军用吉普上的人口气很硬，说是保安团团部的，有紧急情况要到码头乘船！

这时小蔡现身了，拿着大喇叭说有紧急情况也要接受检查，两三分钟就完事，如果樊晓晓在车里就直接下车，到办事处接受内部调查！

既然把话都挑明了那就没啥好说，保安队员立即开枪，试图强行冲过去！

宪兵队和军统早有准备，纷纷躲进路边早就设好的掩体，转瞬将吉普车轮胎全部打爆。

保安队员们则利用坚固的车身进行反击，双方你来我往打得难解难分。

听到枪声，保安团和宪兵队均加派人手赶来助战，警察局也出动警车呼啸而至。

警察局毕竟负有维持治安的责任，不便明显袒护哪方，抵达现场后二话不说几辆警车一字排开横在大街上，然后分头费尽口舌劝解。结果是军统没能抓到樊晓晓，樊晓晓也没能离开洛阳。

消息传到办事处，已两夜没睡、眼中布满血丝的杨组长不禁奇怪："没事儿干吗要跑？岂不是坐实自己与密电泄密事件有关吗？樊家搞什么鬼？难道没听说白丽潜逃的消息？明明只要安心躲在家里别动就行了嘛！"

小蔡道："这样看来组长刚开始判断没错，泄密者就是樊晓晓，白丽只不过担心没后台、没背景成为替罪羊，才早早潜逃。"

杨组长没应答，沉着脸坐在椅子上转了一圈，道："加紧监视，我也继续从宪兵队调援兵过来，只要樊晓晓仍在洛阳就甭想逃出老子的掌心，哼！"

晨曦初出，大腹便便的赵局长亲自来到军统驻洛阳办事处。

见了面，杨组长阴沉着脸说："我知道强龙不压地头蛇，但也不带这么拉偏架的，直接掩护嫌疑人回家，赵局真不把咱军统放眼里吗？"

赵局长忙道："夜里的事手下弟兄办差了，应该多解释几句的。晓晓那孩子我看着长大的，性格人品都没说的，就是胆小了点，偏偏又到军统这种地方做事，哈哈哈……碰到这档子事小孩子真顶不住了，闹着要离开洛阳。唉，老樊也是太娇惯女儿，百依百顺，心一软也就答应下来……"

"我不认同赵局长帮樊晓晓找的理由，无论怎样，她都必须接受进一步调查。"杨组长冷冷说道，"我倒想看看，洛阳城到底谁说了算！"

赵局长就这好处，当面被呛都若无其事，赔笑道："晓晓吃了两剂药状况好了点，樊家同意杨组长继续调查。条件嘛，还在警察局那个会议室，行不？"

杨组长定定地盯着赵局长，盯得他心里发毛，半晌才道："行，现在就去！"

第六章

第二次质询，气氛比上次肃杀紧张得多。走廊里双方人马要么手藏在怀里紧握枪柄，要么端着卡宾枪，目光均聚集在会议室中几个人脸上，稍有异动，一场混战便会打响。

原因很简单，樊晓晓有畏罪潜逃迹象，而且双方夜里已撕破了脸，发生了枪战！

近于窒息的氛围里，小蔡艰难地开口道："晓晓，上次谈话后我们发现你在一些问题上有所隐瞒，关于密电流转也存在疑点，今天就想做个了解。"

樊晓晓脸上憔悴得厉害，低着头，长发几乎遮住面孔，道："你说……"

"首先你说逛街等离岗行为比较少，绝大多数时间两人都在机要室。"小蔡看着笔记本说，"据不完全统计，仅上周你和白丽就被七名弟兄看到溜出办事处十六次，周四下午你没上班，周五上午白丽没上班，可伊宫主任那边没有请假记录，能否解释一下？"

"我……承认，的确经常溜……出去玩……"

"由此带来的第二个问题是，泄露出去的密电基本上由你经手，机要室那边白丽的签名明显都是事后补签，又怎么解释？"

相比上班随意溜号，这个问题至关重要！不用樊非使眼色，樊晓晓也掂出利害，急忙说："都说了我马大哈，有时白丽不在，有时明明在我也忘了，匆匆忙忙就送到机要室编号了。"

小蔡摇摇头，"不能单纯用马大哈解释，晓晓！你专门到重庆接受过专业培训，这方面制度规定应该执行得比白丽还标准。"

"这是性格因素，没法改的……"樊晓晓争辩道。

小蔡一脸惋惜地看着她，慢慢从怀里取出牛皮袋，里面有两份密电抄件，其中一份之前并未展示过。

看到这两份密电，樊晓晓似有些吃惊，下意识瞟了樊非一眼。樊非脸上毫无表情，原本放在桌上的手却悄悄移到腰间，似乎随时准备拔枪。

小蔡恍若未见，道："仔细研究这两份密电，发现个很有意思的现象，其中'陽'字最下面一撇中间好像折断了，两份密电共有五个'陽'都是如此，显然并非油墨原因，而是打字机的问题，为此我们连夜在全城展开排查，结果……"

说到这里空气几乎凝固，所有人耳朵都竖得老高，等着他揭晓也许是最可怕的答案。

樊非似乎不耐烦了，腮帮子肌肉绷得鼓起老高，寒声问："结果是什么？"

"保安团团部的打字机……"

话音未落，樊非"呼"地起身，右手持枪对准小蔡脑门！几乎同时樊晓晓身后两名汉子也举枪与军统特务们对峙。

走廊上枪栓声一片，彼此交错着拿枪口顶住对方脑袋。

探员们满头大汗夹在中间做和事佬，不停地央求道："冷静！大家都冷静！把枪放下！快放下！"

小蔡坐在位置上纹丝不动，平静地说："再核查，两份密电操作者都是晓晓，当时白丽不在场因此没有签字，至此情况应该很清楚了。晓晓，我们知道你不可能通共，那么，为什么做这件事？谁是幕后指使？”

樊晓晓控制不住情绪，捂着脸失声痛哭。

“晓晓，我们回家。”樊非边柔声说，边揽起妹妹缓缓向门外移动。小蔡奇怪地看着他们，并不阻拦，反而叫道：“都把枪放下，让他们走！”

探员们也连连说：“弟兄们，弟兄们，枪口一致对外，咱的子弹打日本人！”

在小蔡和探员们共同劝说下，双方都收起武器。樊非紧紧揽着樊晓晓在保安队员簇拥下倒退下楼，但走到警察局大院瞬间呆若木鸡！

院子里站满了宪兵队士兵，几百个黑乎乎的枪口对准了他们，大门外还架着小钢炮，摆出决战架势！

再想上楼，楼上已被士兵和军统特务占据居高临下的有利位置，这是典型的“包饺子”战术！

保安队员们不知所措，均向樊非投去求助的目光。

樊非只是参谋而已，公子哥出身的他既没行军打仗经验，也无临危决断魄力，呆在原地，两眼迷茫。

蓦地，不知何时樊晓晓居然抽出他腰间备用手枪，快如闪电地顶在自己太阳穴上“砰”地开了一枪，当场身亡！

“晓晓——”

楼道里响起樊非撕心裂肺的号叫声。

小蔡也蒙了，没料到樊晓晓居然关键时刻以死亡保护家人，带走了一连串不解之谜。

“先……先撤了吧。”小蔡垂头丧气道。

如刚才所说，包括杨组长在内都觉得樊晓晓不可能通共，那么她为何会跑到保安团团部把密电打印出来？樊非为首的樊家是否知情，在当中发挥了什么作用？

最奇怪的是，既然樊晓晓是密电泄露者，白丽为啥畏罪潜逃？

古玩一条街。

上午十点多，昨晚鉴定象牙杯的肥胖妇人果然又来了，站在店里到处转悠，等其他顾客离开后快步来到小黄面前，压低声音说："东西带来了，请看下……"

她说着手伸进小挎包里，说时迟那时快，巷口突然冲进来两个便衣，喝道："不准动，警察！"

那妇人却表现出与肥胖身躯不相称的灵活机敏，双手一撑便越过柜台，旋风般从目瞪口呆的小黄面前跑过去，直冲入后院！

两个便衣一个撑跳，一个翻越，也齐齐从小黄身边擦身而过，边掏枪边进了后院。

整个过程兔起鹘落，不到五秒钟。

小黄等了会儿，才谨慎地站到后门往院里张望——早已没了人影，八成都翻到墙后面去了。

不到十分钟，昨天下午鉴定犀角杯的汉子不知从哪儿冒出来，几乎以跑的速度冲进月黄象牙店，喘息道："又带了一只，帮我瞅瞅真假！"

有了刚才的教训，小黄四下扫了一眼，慢吞吞道："这位爷，东西不管真假，来路要正，不然会有麻烦。"

汉子急不可耐，"来路正，很正，快瞅一眼。"

说罢他从怀里掏出只汗津津的犀角杯，才拿了一半小黄没来得及看，又有两名便衣从行人里冲出来直奔象牙店！

同样一撑一跃，汉子以迅雷不及掩耳之势越过柜台跑进后院，那两名便衣如法炮制，浑然把象牙店柜台当做练习翻越障碍的场地。

对面监视的左侯和芦白花也被连续意外弄得莫名其妙。

“好像双方突然着急起来，是不是内部调查发生变故？”芦白花问道。

左侯道：“昨夜姓杨的将试图出城的樊晓晓拦截下来，双方擦枪走火，警察局做和事佬才勉强平息。莫非上午又……”

“按套路，妇人和汉子引开监视的军统特务，接下来正主该出面了。”芦白花道，“不知为什么，我有点紧张，反倒希望潜伏者别出现。”

“因为局面太怪异，樊晓晓的举动很像潜伏者，可白丽潜逃说明事情没那么简单。接二连三的不明身份者出现在月白象牙店，除潜伏者还有谁知道这里是紧急联络地点？军统吗？昨晚你们开会有没有讨论这个？”

“监视是正常的，情报战线向来你中有我、我中有你，经过漫长而艰苦的拉锯战，军统对我们组织在洛阳的几个联络地点有所掌握。”芦白花娓娓道来，“类似月黄象牙店的状况，昨天在其他两处联络点都有类似情况发生，反倒证明军统不确定潜伏者身份，只能到处撒网……”

日落时分，两名穿便装、戴鸭舌帽的男子靠近月黄象牙店，到了门口却没进去，在巷子里来回徘徊，似在等什么人。

“还是军统特务？他们到底有多少人？”芦白花惊讶地说。

左侯仔细辨认被帽檐遮盖下的面孔，道：“好像侦缉队的……”

话没说完，却见两名男子使个眼色，旋风般冲过来，“嘭”的一声，飞脚踹开门锁，掏出两把手枪对准了来不及撤退的左侯和芦白花！

来者竟是侦缉队吴探员和王探员！

左侯以身子挡住芦白花，悄声道：“你先撤，我来应付！”

“不，要走一起走！”芦白花持枪与两探员对峙。

吴探员严肃道：“左顾问，芦白花已确信无疑是共党分子，跟她走得越近，对伊宫局长处境越不利，越证明你俩与密电泄露事件有关！”

左侯摇摇头，“你错了，老吴！从军统内部调查进程看，几乎可断定伊宫局长是清白的，我也是清白的，与芦白花亦无关系。”

“她是共党分子！”王探员怒道。

“这跟本案没关系，一码归一码嘛。”左侯故作轻松地说，脚跟狠狠踩在芦白花脚背上，暗示此时再不走必将连自己都被拖累了，“眼前当务之急是查找线索，替伊宫局长洗清冤屈，不是吗？”

芦白花借助他身体掩护，一步步向后退，退到侧门边又快速闪退到后院，旋即越墙而逃！

王探员顿足要追，左侯端着枪堵住去路，冷着脸说：“小心了，子弹不长眼睛！”

“左顾问的枪法我们都了解。”吴探员好整以暇道，看似并不着急的样子。

对侦缉队来说抓捕共党分子确实不是职责范围内的事，与其玩命捕获之后还得交给军统，不如卖左侯一个人情。

左侯道：“二位想想，此时抓到芦白花会产生什么后果？杨组长把罪名套到伊宫局长、我和芦白花身上，三人正好组成完整的情报链，他立下大功一桩，芦白花则死路一条，伊宫局长恐怕也万劫不复了！”

“不会的，实际上杨组长已有准备释放伊宫局长的意思了。”吴探员道，“有件事恐怕你还不知道，就是上午，樊晓晓在警局畏罪自杀，当场身亡！”

“啊！”左侯惊呆了。

第七章

左侯念如电转，道："樊晓晓畏罪身亡，密电泄露事件应该盖棺论定了，还用查什么？不对，事情肯定另有蹊跷！你俩把事发经过说来听听！"

说着他又回到警察局顾问身份，收起枪在桌边椅子坐下。两位探员也浑然忘了刚刚还剑拔弩张地持枪对峙，习惯性一左一右站到桌前，交替叙述了质询、摊牌、设伏、自杀的细节。

"打印件密电……"左侯道，"跟之前抄件是同一批？"

吴探员道："是啊，不过压在最后，昨天杨组长才特意拎出来让小蔡彻查的。"

"那么，谁让你俩来这儿抓人的？"左侯问。

两位探员这才意识到抓捕对象正跷着二郎腿，自己却像下级恭听上级训话似的站着，不由得尴尬地掂掂手枪，但先前那股气势已提不起来了。

王探员道："杨组长接到昨天监视报告，觉得月黄象牙店有情况，分析巷内布局后断定接应者躲在旧茶壶店里，没想到竟是左顾问……"

"这会儿街面上已没有军统的人，都被先前两人吸引走了，古玩街只剩下侦缉队老伙计们。"吴探员补充道。

吴探员到底是老江湖，暗示左侯可以趁机逃跑。

左侯却不着急，仍在静静深思，隔了半晌道："其实杨组长对樊晓晓并不十分在意，介于可抓可不抓之间，对不对？"

"是有点儿，否则以军统的权威大可以直接命令宪兵队冲入樊家，而不是答应赵局长出面调解，两次到警察局当众质询。"王探员道。

左侯又道："赵局长在整件事的表现也很……以他的老奸巨猾，本可以至少表面上摆出公平公正的态度，而非一味拉偏架，难道不怕军统秋后算账？"

吴探员点头同意，"不像他一贯风格。"

"所以这桩案子大有玩味……"

正说着话，透过窗缝左侯看到一个裹着头巾的少妇慢悠悠走进了月黄象牙店！

白丽！

她就是白丽！

左侯心里怦怦直跳，唯恐两探员不经意转头。谁知怕什么来什么，王探员正好把枪收回枪套，抬眼间看到白丽背影，略一怔忡，道："老吴！"

吴探员与他搭档多年早有默契，不消多说立即意会，抬枪道："谁进店了？"

"很像白丽！"

没等左侯有所反应，两探员旋风般跑出门、冲进象牙店举起了枪，动作一气呵成！

"不——"

王探员刚喊出第一个字，之前动作迟缓、做事总好像慢一拍的小黄陡地翻转手腕，袖里滑出手枪，"砰砰"连开两枪！

两探员只提防白丽，没料到小黄居然开枪，被打了个措手不及！

冲在前面的王探员肩部中枪，踉跄倚倒在门板上，吴探员刚露头赶紧就地卧倒。

“随我来！”

小黄低喝道，手里搭了把劲，帮白丽越过柜台直奔后院。他心里苦笑不已，一个上午柜台不知被多少人越过，赶明儿要卸掉，去点晦气！

他们穿过院子径直进了东厢房，绕到床后面墙壁用力一推，凭空多了扇门，侧身通过后竟来到院子后面的巷道。

斜刺里穿过去，拐入东侧三层小楼背后巷子，前面便是茂盛的海桐林，上次左侯就在这里拦截住了乔装打扮的芦白花。

他们刚想停下来喘口气，树林里猛地冲出两名便衣男子，正是先前抓捕肥胖妇人的军统特工！

小黄连续开枪逼迫压制住对方，改往右侧灌木丛方向逃跑。两名军统特工紧追不舍，轮流举枪射击，不让两人进入灌木丛。

就在相持不下之际，两探员翻墙过来，形成左右夹击之势！

又再开了两枪，“咔”，子弹打光了！小黄恨恨咒骂一声，转头看看白丽。

“我……我没枪啊……”白丽沮丧地说。

这时正后方传来几声清脆的枪声，其中一枪洞穿军统特务帽檐，另一枪贴着吴探员的脸颊打在墙上！

原来此地还有伏兵！

趁他们愣神工夫，小黄赶紧拉着白丽钻入灌木丛，转瞬消失得无影无踪。

半小时后，已经换了衣服的小黄和白丽跳下黄包车，大模大样地走进南大街巷子里的韵湖茶楼。他们坐进了二楼西侧尽头的包厢，掀开窗帘能将大街两侧情况看得清清楚楚。

“刚才我……其实没看清杯子真假。”小黄坦率道，“只是凭感觉这会儿上门应该是我们的同志。”

白丽浅浅一笑，提醒道：“杯子还在你手里呢。”

小黄从怀里掏出那尊犀角杯，刚看了两眼有人敲门，进来的却是芦白花。

白丽起身相迎，简洁地说：“你好，我叫白丽。”

芦白花拿锐利的目光扫了她一眼，接过犀角杯，问道：“如何？”

“肯定是亚洲犀角。”

亚洲犀角的价值是非洲犀角的八至十倍，明代海禁以来经常有人拿非洲犀角做高仿。

细看这尊犀角杯，创意、雕工、纹饰、款识等与芦白花自己那只赝品几乎没有差别，唯独分量略重，包浆手感凝重许多，毕竟是数百年历史的老货！

她把玩片刻，又凑在鼻端闻了会儿，确凿无疑是真品！

芦白花顿时绽开笑容，上前握住白丽的手道：“白丽同志辛苦了，我代表组织向你表示崇高的敬意！”

白丽又浅浅一笑：“没什么，都是应该做的。”

“听说樊晓晓畏罪自杀，怎么回事？她也偷了重庆方面密电吗？”芦白花问。

白丽皱眉道：“不晓得呢……按理说她整个家族都为国民党做事，不会……而且她把密电偷给谁呢？很奇怪的。”

白丽都不清楚，看来樊晓晓的死要成为悬案了。

芦白花道：“时间紧迫，我直接说了。组织鉴于你处境危险，由我负责护送你离开洛阳，之后转到附近根据地参加革命工作……”

“有情况！”一直贴着窗户观察大街的小黄说。

芦白花和白丽同时朝楼下看，依稀见对面墙角几个形迹可疑的影子一晃而过，再看远处，七八辆军用吉普急驰而来！

“撤！”

芦白花果断地说。

小黄立即带她俩快步跑到东侧包厢，这时听到吉普车在楼下戛然刹止声，接着是脚步声、吆喝声和拉枪栓声。

楼梯间传来“咚咚咚”的声音，有人嚷道：“人在楼上”。

“他们上来了！”白丽说。

小黄推开最东面包厢，进去后掀开里面窗帘，打开窗户，轻声道：“跳。”说完他灵巧地一撑窗台跳进去，芦白花和白丽也纵身跃入。

“砰！”

白丽膝盖硬生生撞在硬木地板上，痛得差点叫出声。黑暗中芦白花拉住她的手道：“随我来。”

小黄摸索着又开了扇窗，然后翻身越过，落地是坚硬的石板地，微有些潮湿。白丽猜测此处应是茶楼后面的夹巷，专门处理茶水、茶渣。朦胧的月光下一路向前，觑了空回头看，茶楼二楼灯火通明，窗户四敞，里面正在进行严密的搜查。

一路疾行到西端巷子出口，巷边停了辆马车，车夫见到小黄一行微微扶了扶毡帽，原来是前来接应的傅小明！

马车拐过街角时，两辆警车从另一条街呼啸而至，警察局的响应速度真是前所未有的快。

“要不要去我那边避过风头？”傅小明边驾车边问。

芦白花略作思索，道：“军统抓不到人会加大搜查力度，后面出城更困难，立即去城西郊丁子河附近碰碰运气。”

“沿途会有卡哨……”小黄不安地说。

“强闯！”芦白花道，“今夜不惜代价也要把白丽同志送出洛阳城！”

“不……”

白丽才说了一个字，傅小明和小黄齐声坚定地说：“坚决服从组织安排！”

马车行走在崎岖不平的山路上，黑暗中芦白花问：“白丽同志，在军统魔窟又要应付严格审查，又要为党组织获取大量情报，很不容易吧？”

白丽徐徐道：“我在白天工作不敢露丝毫破绽，主要靠强记，把密电内容一字一句背熟后，再回家默写出来。”

“我上学最怕背书，真佩服你啊白丽同志。”小黄笑道。

“多练练自然记得住。”白丽轻描淡写道，并不透露更多细节。芦白花也知道秘密行动的规矩，不多追问。

前方传来喝令声，傅小明恍若未闻策马急行，身子藏在马身左侧，靠近卡哨时猝然开枪，当场撂倒一个，芦白花、小黄也掀起帘子猛烈射击。士兵们急忙跳入掩体，等举枪还击时马车已驰出射程。

白丽暗暗心惊。

芦白花以任务至上，但傅小明和小黄在洛阳城都有产业，今晚这么做完全是破釜沉舟，不计后果，哪怕付出生命代价也在所不惜。

驶过市郊接近丁子河时又遭遇一路巡逻队，黑暗中傅小明仗着马车将对方队形冲得七零八落，加上芦白花精准的枪法，巡逻队员们扔下两具尸体四处散开。

这种明灯火仗的强行闯关之举肯定会遭来驻城部队大举剿杀！

但芦白花根本顾不上危险，满脑子想着把白丽送出洛阳城，转移到安全地带。

避过一座座碉堡，马车停到丁子河下游河面宽阔、河道落差大、水流湍急的汉湾——这里按常理根本不可能泅渡，因此附近没有士兵盯防。傅小明偏偏反其道而行之，逮准这个空当。

下了马车，四个人来到河边，冷不丁草丛里有人道：“怎么才到？冻死我了。”

三柄手枪同时举起，又同时放下。月光下，站在草丛里的赫然是警察局顾问，左侯！

第八章

芦白花微微奇怪，想上前说话，却被傅小明拦住。他拿枪指着左侯喝道："谁告诉过你我们从这里泅渡？"

左侯笑道："上次诓我在上游吸引对方火力，不就是掩护白花从这儿泅渡吗？选择对方觉得最不可能的地点，稍稍用点脑子就能推理出来。"

傅小明"哼"了一声，芦白花赶紧走近两步，低声嗔道："我们是不计后果的大逃亡，你来凑什么热闹？莫非想跟她一块儿走，不再回洛阳？"

左侯笑道："闲也是闲着，跑来瞅瞅真品犀角杯，周文枢的作品头一回碰到。"

知他还是放心不下犀角杯真伪，也关系到潜伏者身份甄别，芦白花叹了口气，心里不知是甜是酸，白他一眼道："我的鉴定水平还信不过？当年咱俩在道上齐名，我并不输你半分。"

左侯也不争辩，笑嘻嘻伸出手。芦白花拗不过他，从怀里取出带着体温的犀角杯。

他特意带了办案用的大号手电筒，蹲在河坡隐蔽处一寸寸把玩杯子内外，良久，闭上眼叹道："精品，果然是周文枢大作，真是朝闻道夕可死……"

芦白花劈手夺过犀角杯，催促道："别酸了，追兵即将赶到，赶紧回城！"

"好，好，我现在就走。"

左侯顺从地起身拍拍泥土，经过白丽身侧时突然问："听说你父母死于共党打土豪运动，有这事？"

白丽微微一笑："两块大洋从湘西保安团买的证明，二老至今好端端活着，十里山路走个来回不带喘气。"

左侯若有所思，道："军统调查人员如此无能，难怪密电接连被泄露。"

这话说得，怎么听都阴阳怪气！

"两码事呀。"白丽认真地说，"湖南那边有组织做足准备应付军统外调，而洛阳这边是我记忆力好、行事谨慎的缘故。"

"最近的一份密电大概六天前，白小姐能背给我们听一下吗？"左侯微笑道，"无须一字不漏，有个大致意思就行了。"

"什么意思？"白丽脸色微变问。

左侯笑得更诡秘，"你不是记忆力好吗？六天前熟背的密电，这会儿总该能复述出大半内容吧？"

芦白花原本准备上前斥责左侯故意找碴儿，听到这儿打消念头，想听听白丽如何反应。

白丽静静看着左侯，脸上笑意未减，缓缓道："好，我背给你听……"说了一半她猛地旋身单臂扼住小黄咽喉，手里不知何时多了柄手枪，抵着他太阳穴道："你赢了！到底怎么发现的？说！"

傅小明和芦白花同时拔枪对准她，芦白花道："别乱来，若伤他半根毫毛你也活不了！"

"我的命贱，哪有共党分子值钱？"白丽笑得凄凉而无奈，"自打接受这桩任务，我就没打算活着回洛阳。”

傅小明怒道：“谁派你来的？犀角杯从何而来？我们的同志是不是已被捕了？”

“想听吗？这事儿要追溯到半年前……”白丽慢吞吞说。

左侯识破她想拖延时间，突地大叫：“那边有人！”

芦白花等人一惊，连白丽都不由自主眼光瞥向他所指的方向。说时迟那时快，左侯右臂扬起，飞刀闪电般射出，不偏不倚扎中她拿枪的右腕！

小黄就等这个机会，用力一撞的同时身体后翻。白丽也是厉害的女人，居然能在失去平衡的情况下将枪换到左手，对准左侯便要开枪。

“砰”，芦白花一枪击中她胸口；又一声“砰”，傅小明一枪击中她脑门。霎时白丽瞪大眼似乎想说话，但只来得及张了张嘴就扑通倒地。

远处传来发动机轰鸣声，左侯匆匆道：“把犀角杯给我，你们快走，快！”

“你呢？为什么不一起走？”芦白花道。

“我还要回城处理点事……”

芦白花道：“我在对岸等，不见不散！”

“好好好，快走！”左侯催促道。

这时傅小明和小黄跑到不远处草堆深处合力拖出只小筏子，快步跑到河边扔下水，芦白花深深瞅了左侯一眼，再次强调道：“不见不散！”

三人登上筏子顺流直下，很快消失在夜幕里。左侯随即猫着腰沿河坡狂奔两里多远，绕到小山坡背面，那里拴着匹通体漆黑的骏马……

四辆军用吉普亮着车灯停在河边，杨组长率众下车，看到白丽仰面朝天，脸上、身上满是血迹，气息全无；再看河面，哪有半个人影？

远处，依稀间传来马蹄声。杨组长深知这一带地形复杂，黑咕隆咚间根本别想追踪，恼怒地在河边来回走了两圈，命令道：“把尸体抬回去！”

当日夜里到第二天发生了几件事：樊副县长在保安团保护下举家离开洛阳；月黄象牙店被查封，里面所有东西均被警察局没收；杨组长让小蔡主笔撰写报告，指白丽为密电泄露主谋，樊晓晓被其收买，事发后樊家护短但樊晓晓担心连累全家自杀身亡，白丽持犀角杯与共党取得联系后，逃亡时发生内讧被枪杀。

至此，密电泄露事件就此了结。

当天下午，官复原职的伊宫承到码头送行，目送杨组长一行登上客轮离开。回到警察局推开办公室门，却见左侯像往常一样半躺在沙发上，悠悠然喝着芳香的咖啡。

“杨组长走了。”伊宫承道。

左侯微笑，“所以我来了。”

“白丽手腕上的飞刀是你的，说明昨晚你一度跟芦白花等人在一起，当时发生了什么？”

“整件事，局座当真一点都不知道？”

伊宫承凝视着他，“我被关在地下室，凭什么知道？”

左侯转移话题，道：“对了，杨组长不是说要鉴定犀角杯吗？为何始终没见他拿出来？”

“大概只是幌子而已，或者他专注于查案没空鉴定。”

“是不是这只？”左侯手里突然多了尊犀角杯。

办公室里气氛越发的怪异。

伊宫承接过犀角杯细细摩挲，道：“说说看，它是真品还是赝品？”

“那得从头说起，局座有兴趣？”

“反正闲也是闲着，说来听听。”

“也不闲，后天这个时候我就跟杨组长一样也在轮船上了。”

“喔，你终于想通，打算离开洛阳了？”

“不是局座要求的吗？”

“我要求只带该带的，不该带的不准动！”

“又来了……”左侯躺下，继续喝咖啡。

伊宫承摆摆手，“别打岔，赶紧说正事！”

左侯清清嗓子，啜了口咖啡，笑道：“事情得从南阳说起，因为两份密电打印件，共党地下组织遭到军统毁灭性破坏，然后又搜到一叠密电抄件。军统意识到事态严重决心彻查，遂精心制定出谍中谍的圈套。不得不说军统真是神通广大，居然短短几天，就能找到仿得惟妙惟肖的犀角杯赝品，佩服佩服！”

“假在哪里？”伊宫承盯着手中杯子问。

“这个过会儿再说，先说局座被捕吧，难道不是圈套里的一环吗？”

“没听懂你的意思。”

“作为老牌特务，妻儿押在重庆，于情于理局座都不可能私通共党，何况局座手里沾满共党情报人员鲜血。”左侯道，“设计的初衷是局座无罪，嫌疑最大的可能是我，其次是樊晓晓。杨组长来洛阳前放风鉴定犀角杯就是试探，倘若我是潜伏者，必定知道芦白花‘见物如见人’的秘密，提前携带犀角杯逃亡。可我一直处于军统严密监视之下，哪里走得脱？我没逃，还陪局座到码头迎接，杨组长颇为意外，启动备选预案，当场拘捕局座却放我逃跑，以便诱芦白花露面，给共党接应活动增添变数——芦白花等人行踪莫测，而我的活动却有迹可循，方便军统跟踪监视。”

伊宫承不置可否道：“你的想象力向来丰富。”

左侯续道："把局座抓捕起来，接下来白丽潜逃就顺理成章。当然她会揣着杨组长带来的犀角杯，那是非常重要的道具……"

杨组长分析左侯听到"犀角杯"三个字没有望风而逃，那么密电泄露者基本锁定樊晓晓，只要限制住她的活动范围，白丽便能凭借犀角杯抢先与芦白花联络。

白丽父母死于共党打土豪运动确有其事，之前军统外调人员到湖南核实过，说两块大洋便能换到假证明纯粹是天方夜谭，对机要员的背景甄别，军统慎之又慎，很难蒙混过关。白丽是不折不扣的反共分子！

之后樊家试图送樊晓晓出城，遭到了军统狙击！一旦樊晓晓离开洛阳身份曝光，白丽的行动便毫无意义了。

军统胃口大得很，根本不满足于诱捕芦白花，而是想让白丽借此机会混入共党组织，扎根到根据地深度潜伏！

出于这个原因，当樊晓晓在警察局开枪自杀后，杨组长着急了，因为没法解释她为何自杀，除非她就是潜伏者！

当天肥胖妇人和大汉都是军统方面自导自演的闹剧，目的在于麻痹芦白花等人，之后又以吴、王两位探员牵制左侯，让白丽正式出场。

紧接着军统追杀环环相扣，从月黄象牙店直到丁子河边，根本不给芦白花等人喘息和思考机会，本以为这样能顺利护送白丽出城，直接进入共党根据地……

"可惜啊可惜，杨组长百密一疏，忘了继续派人盯梢我——要是局座绝不可能犯这种低级错误，对不对？"左侯笑着问道。

伊宫承也叹气，道："你就是屎缸里的蛆子，专门搅屎（事）。现在，你该说出犀角杯假在哪里了？"

第九章

左侯将犀角杯端端正正放在掌心，道："的确是亚洲犀，的确是周文枢雕作，也的确是明末清初风格，按说是真品无疑。问题是，周文枢做犀角杯很讲究，非通天犀不用，这就不对了……"

"通天犀是什么鬼？"伊宫承奇道。

"亚洲犀分为通犀、花犀、斑犀等，其中通犀指犀角从顶端到角尾有白点贯通，俗称通天犀。"左侯解释道，"诗曰'心有灵犀一点通'，说的就是通天犀啊，哈哈哈……"

伊宫承转动杯子，语气复杂地说："就因为少了根通天白线，所以断定赝品？也许周文枢实在找不到通天犀，偶尔也将就雕些别的。"

"周文枢不是肯勉强的人，因此留下的作品少之又少。这尊应是清中期高仿，乾隆皇帝一度喜好犀角杯，派能工巧匠仿制大量名家作品，成本方面不惜代价，因而会出现亚洲犀角高仿杯。然而周文枢只用通天犀，那根嵌在角当中的白线无论如何都仿不了。另外，明末清初受海禁影响，亚洲犀角数量稀少，雕刻大师舍不得费料，尽量采取浮雕手法，下刀较浅；清代中期大批非洲犀角涌入，都换成深雕手法，虽说刻意模仿，下刀分寸难免保持平时习惯。"

“傅小明、芦白花都没能看出，可见你技高一筹。”伊宫承冷冷地说道。

左侯摇摇头，叹息道：“古玩一行活到老学到老，勤学不辍方能立足，他俩心有旁骛，自然就……唉！”

“白丽死了，樊晓晓也死了，案子已盖棺论定。遗憾的是又让芦白花跑了，还带走两个。”伊宫承语气平淡地说，脸上毫无表情。

左侯又摇头，道：“那是军统内部应付上司的，局座不信，杨组长不信，连赵局长也不信吧。”

“怎么扯到赵局长身上？”

“樊晓晓之死，他才是始作俑者。”左侯道，“米芾孤本案触及赵局长，虽然局座暂时没动作，他却感到强烈不安，便说服老友樊副县长——也许强占米芾孤本、杀害陈楫等保安队员也有樊家的份儿，让樊晓晓熟背密电后在保安团团部打印出来，设法传递到南阳栽赃给共党地下组织，以达到一石二鸟、陷害局座的目的！”

伊宫承恨恨道：“这期间姓赵的上蹿下跳、活跃异常，哪个明眼人看不出来？最终一事无成，还把人家如花似玉的宝贝女儿赔了进去。樊家举家远迁，真是偷鸡不成反蚀把米！”

“这样说来军统实际上也吃了个哑巴亏，到最后都没弄清真正的潜伏者是谁。”左侯慢悠悠地说，又啜了一口咖啡。

“杨组长依然怀疑你，我很清楚肯定不是。”伊宫承道，“你根本没接触密电的机会，我也不曾让你有过接触机会。”

“那么除了两份打印件，另外十二份密电总得有人泄露出去吧，不然就是局座？”

伊宫承扭过头，眼中暴射厉光，“看来你猜到是谁？”

左侯保持悠闲的姿势，稳稳当当地端着咖啡杯道：“樊晓晓泄露了两份；

白丽是反共分子绝对不可能；那么密电只能从局座这边泄露出去，这是三减二等于一的简单逻辑，小学生都算得出来。”

“若真是我，早把你灭口了，焉能活到现在！”

“别紧张，我没说局座干的，而是说‘从局座这边泄露’，意思大不相同。”左侯笑道，“通常怀疑到局座者，都相信局座本身绝无问题，而把矛头指向我，刚刚局座也说了我没机会，那么再想想，到底谁有机会？”

办公室突然静下来，两人四目相对，均想从对方眼里看到些什么。

良久，伊宫承缓缓道：“你说谁？”

“这个人有机会接近局座，局座却从未有过疑心，妙就妙在外界都不知道这个人的存在，知情者只有我……”

“你……你是说苗掌柜？！”伊宫承语气中仿佛夹着冰碴儿。

“局座白天办案，根本没时间静下心来看密电，只有带回家利用晚上时间……苗掌柜偶尔溜过去聊天……”

伊宫承耳根发热，含糊道：“唔，聊天……”

“聊天期间只要逮着机会，一份密电就到手了。”

“慢！”伊宫承有些狼狈，“虽说我从不提防她，但不会让公文包及密电脱离视线超过五分钟，就算速记也来不及！”

“局座被抓当晚我撞到苗掌柜，表面上是找我打听消息，事后想想哪有那么巧合的事？八成跟我一样想去局座家里碰碰运气，看是否留下点线索。”左侯道，“当晚我注意到她戴了枚翡翠戒指，戒面很大，上面有两颗大白菜……”

见他比画，伊宫承点点头，“她经常戴这个。”

“可局座是否记得，当初查办镇国玉玺案时，从头到尾她都戴着别的戒指？”

“你是说……”

“听说有种微型相机能嵌在戒指里，拍照时只需按动戒面即可，”左侯道，“和局座聊天，想必她偶尔有触摸那俩大白菜的时候吧？”

伊宫承没说话，脸色却越发阴沉下来。

“再想想，沈家衰败成那样，身为儿媳应该花更多时间放在家族事务上才对，为何要苦苦守着赚钱有限的洗衣店？她，才是真正的潜伏者！”

听到这里伊宫承“唰”地转身，抄起手枪大步往外走！

“慢着！”左侯叫道，“苗掌柜已经不在洛阳了。”

伊宫承愣住，满脸狐疑地看着对方。

“上午趁你们忙成一团，我先后去过洗衣店和沈家，都说她上午到店不久便离开，后来再也找不着人影，想必，跟芦白花一起走了吧。”

慢慢回到座位坐下，伊宫承满脸落寞，呆呆出了会儿神，摆摆手道：“我要静会儿。”

“好！”

左侯捧着咖啡杯出去，反手关上门后诡谲一笑，哼着小曲儿轻快地下楼。

聪明如伊宫承，当判断樊晓晓并非十二份密电泄露者后，怎会不怀疑苗掌柜？然则一方面私情败露他同样难逃责罚，还会殃及远在重庆的妻儿；另一方面他与苗掌柜已有浓浓情意，明知她是潜伏者还是舍不得下手！

因此，与杨组长设计圈套时，伊宫承找了个牵强的理由放左侯一马，用意很明确——希望借左侯的智慧看穿整个棋局，继而促成苗掌柜逃离洛阳！

左侯没让他失望。

上午洗衣店刚开门，左侯便乔装打扮将苗掌柜叫到隐蔽处，和盘托出后，他索看犀角杯并鉴定为真品，便让她立即前往城西丁子河下游——芦白花说过在对岸等他，绝不会毁诺。

接到真正的潜伏者，想必芦白花不会再痴等，会立即带着苗掌柜等人辗转前往根据地。

该撤的都撤了，接下来轮到自己了吧？看着弹痕累累、满目疮痍的洛阳城，左侯说不出的怅惘和失落。

第二天清晨，左侯一身便装来到伊宫承寓所，敲开门后微笑道："我要上船了，局座送我一程？"

伊宫承呆住，隔了会儿道："你昨天说后天走的！"

"我记错了，幸亏昨晚把船票拿出来看了下。"

伊宫承自然不信他的鬼话，道："难得共事一场，当然要送！走吧。"

叫了辆车来到码头，伊宫承唤来在附近游弋的便衣，冷峻地说："老规矩，你该明白的。"

左侯主动捧出随身携带的皮箱，"例行公事嘛，理解理解。"

皮箱里有两套衣服、洗漱用具、剃须刀、三本古籍，还有几件小巧玲珑的古玩和些许银圆。

"这点家底真是贻笑大方啊。"左侯苦笑道。

伊宫承手一挥，"搜身！"

两名便衣手法娴熟地上下摸了一遍，微微摇头。

这回轮到伊宫承诧异了，锐利的目光在左侯脸上扫了几个来回，问道："真没带？"

"可不都在这儿？"

"离别在即，或许有生之年再无相见之时，我就直说了吧。"伊宫承道，"唐伯虎《月下绛妃图》到底藏在哪儿？城破之后日军免不了烧杀抢掠，绝世国宝毁在日本人之手就太可惜了！”

左侯道：“我也坦白说吧，从跟局座破第一个案子起，我就没见过《月下绛妃图》真品！”

伊宫承久久沉默，然后说：“你可以走了，一路顺风。”

“局座什么时候撤？”

伊宫承慢慢摇头，“我是军人，不接到撤退命令，绝不会擅离职守！”

“那么，局座多保重！”

左侯上前用力抱了抱伊宫承，霎时两人眼眶都有些湿润。

“呜——”

轮船在汽笛声中缓缓离岸。

看着渐渐远去的轮船，闻讯赶来的李探员诧异地问：“局座，那幅画真不在他手里？”

“唔……”

“所有上船的乘客都搜过行李和身子了？”

“唔……”

李探员怅惘地摸摸后脑勺，“这样啊，按说……唉，我也说不清！”

伊宫承总觉得左侯先说明天离开，却突然变成今天，肯定有哪儿不对，但究竟不对在哪儿，却怎么也想不出来。

此时左侯站在船头，想着昨夜利用军统特工们因为杨组长的离开放松警戒的机会，终于实施了策划已久的行动……

轮船破浪而行，在船舷悬挂的一个破旧的救生圈里，重重油纸包裹密封着一幅绝代名画，天晓得，围绕它发生了多少刀光剑影，未来还要发生多少刀光剑影。